You use a glass mirror to see your face;
you use works of art to see your soul.

— George Bernard Shaw, *Back to Methuselah*

그대 영혼을 보려거든 예술을 만나라

주민아
에세이

데이비드 호킨스가 선택한
19편의 영화 다시 읽기

판미동

차례

3부 아름다움의 여름은 아직 죽지 않았기에

4부 밤새 뜬눈으로 잠들었던 새들도 일어나 노래하네

내 마음의 잿빛 무지개를 건너

조금씩 다르겠지만 새로운 책 번역을 앞두고 번역가가 가장 먼저 시작하는 일은 저자의 다른 책과 역서를 찾아 읽는 것이다. 이 탐색 작업을 하는 동안에는 거의 예외 없이 모든 저자에게 경외심을 품게 된다. 동시에, 앞으로 최소 3개월 이상 밤낮없이 내 머리와 심장에서 기거해야 할 새로운 책을 향해서는, 순간순간 숨막히는 두려움이 뒤따라오곤 한다. 제대로 우리말로 옮기는 것은 당연히 기본이지만, 과연 이 책과 책에 담긴 메시지의 일부라도 기꺼이 받아들이고 좋아할 수 있을까? 아니, 정말 그랬으면 좋겠다는 소박한 바람과 기대감이 중첩되어, 일곱 가지 서로 다른 농도의 흑백 무지개가 노트북 디스플레이를 건너 내가 작업하는 공간의 창 너머로 두둥실 걸려 있다. 자칫 마음 한 켠을 잘못 건드리기라도 하는 날이면 흑백 무지개는 온통 짙은 잿빛으로 물들어 버리고, 일찌감치 책장을 덮고 사유의 늪에 빠져야 하는 시간이 이어진다. 지난 세월 작업 가운데서 데이비드 호킨스 박사의 책은 나에게 짙은 잿빛 무지개를 가장 자주 보여 주었으며, 온통 까만색으로 변해 버린 무지개를 띄워 준 적도 여러 차례였다. 사실 그 작업의 중간 즈음에 '매직샵'의 루스와 도티를 만나지 않았더라면 나는 그 까만 무지개의 가장자리에 걸려 넘어져 한참을 울먹이며 스스로를 책망하고 있었을 것이다.

세상의 이치대로 시간이 흘러 어느 날, 호킨스 박사의 마지막 책장을 넘기는 순간이 찾아왔다. 영영 오지 않을 것 같았던 최종 마감이라는 평화의 날개가 퍼덕이면서, 내 어깨 옆으로 걸려 있던 흑백 무지개는 가장자리에서부터 조금씩 제 빛깔을 찾아가기 시작했다. 그 무렵, 난데없이 석별의 아쉬움 같은 마음이 조금씩 일렁이기 시작했다. 번역가에게 여지없이 찾아오는 장미가시밭길 증후군이었다. 가시에 찔릴 줄 뻔히 알면서도 매번 다시 장미꽃길을 찾아 나서는 그 어리석은 심정을 달래기 위해 내가 무엇을 한 줄 아는가? 나도 모르게 작업실 서랍에 차곡차곡 쌓아 두었던 호킨스 박사의 전작 역서를 다시 꺼내서 읽고 있었다.

그러다 정말 거짓말처럼 가장 두꺼운 『진실 대 거짓』에 새삼 매료되어 온갖 형태와 색깔의 포스트잇을 붙여 가며 열심히 페이지를 넘겼다. 600페이지를 훌쩍 넘어가던 그때, 마지막 부록을 수록한 장에서 운명처럼 '부록 D'를 만났다. 두 페이지 반에 걸쳐 내가 좋아하는 영화 목록이 의식지수와 함께 펼쳐져 있었다. 그야말로 지리상의 발견이 유행하던 시절에 신세계를 발견한 탐험가처럼 흥분하며, 얼마 되지도 않은 그 페이지를 넘기고 또 넘기며 영화 제목을 훑어 나갔다. 가나다순으로 정렬한 목록이 그렇게나 아름다운 것임을 처음 알았다.

　문득 바라본 작업실 창가. 바닷가에서 한참을 걷다 시나브로 해가 지는 풍경이 선사하는 그 어여쁜 순간처럼, 온통 창 너머가 주홍빛으로 물들어 갔다. 무슨 일이었을까. 그간 그림자처럼 따라다니던 흑백의 무지개가 완전히 사라지고, 일곱 가지 빛깔을 뽐내며 아치형으로 미소 짓는 본연의 무지개가 찰나처럼 반짝였다. 그때 나는 노란색 정사각형 포스트잇을 꺼내어 연필로 이렇게 메모했다. "『진실 대 거짓』 부록 D에 나온 영화, 그 영화 중 호킨스스러운 대사, 장면 모아서 에세이!" 그 메모를 『현대인의 의식 지도』 원서 뒤표지 안쪽 맨 위에 붙여 놓았다. 오늘 이 글을 쓰면서 다시 한번 그 메모를 펼쳐 보니 한순간의 빛처럼 그 아이디어를 주고 간 보이지 않는 존재에게 감사하고 싶다.

　이렇게, 영성가 호킨스 박사의 메시지는 나에게 다가왔

다. 사실 맨 처음 나를 찾아왔던 그렇게나 깊은 고민과 두려움은 작업을 다 끝낸 이후에도 여전히 미련처럼 남아 있었던 것이다. 문득 7년간이나 세상과 동떨어져 홀로 연구에 매진하면서 느꼈던 지극한 행복과 신의 현존을 최대한 많은 동료들에게 전해 주고 싶어 다시 일상의 세상으로 돌아왔다고 한 호킨스 박사의 이야기가 떠오른다. 그 연민 어린 결심 때문에 한낱 글 쓰는 번역가인 나도 그 지복과 현존의 그림자 끝을 아주 잠시 마주칠 수 있었다. 그 시절 내내 마음에 걸려 있던 흑백 무지개가 본래 빛깔을 찾아 나를 환영해 주었던 찰나는, 마치 33번째 전생의 어디쯤엔가 만났던 연인처럼 낯설고 반갑고 사랑스러웠다.

호킨스 박사는 『진실 대 거짓』의 본문에서 음악, 문학, 미술 분야의 작품과 예술가에 대해서도 의식 수준을 부여하고 분석하였다. 부록 D에서는 본문에서 언급한 영화를 비롯해 총 216편 영화의 의식 측정 지수를 밝혔다. 그는 "예술의 한 형태로서의 영화는 연기, 춤, 음악, 영화촬영술, 드라마에 더해, 최고의 재능들을 이용하는 창조적 공학과 과학기술을 포함한다는 점에서 타의 추종을 불허한다."고 평가하고, 의식 측정 지수는 영화 자체의 퀄리티가 아니라 영화의 의식 수준을 나타낸다고 언급했다. 목록 가운데 의식지수 300대 영화는 81편, 400대 영화는 33편이다. 흥미롭게도 공포 영화가 두려움, 불안, 위축의 감정 수준인 100대, 혹은 그 이하로 나오는 것은 원래 그 장르의 영화가 그러한 수준을 의도한 것이기에, 100 이하로 측정된다면 오히려 그 장르로서는 예술적으로 성공한 것이라고 분석하기도 했다.

이런 일련의 분석 과정을 다시 읽으면서, 이 새로운 의식의 프레임 안에서 선정된 영화를 본다면 의외로 전에 없던 흥미진진한 이야기를 나누고 글을 쓸 수 있겠다는 생각이 들어 한동안 혼자 설렘을 감당하기도 했다. 기실 나의 지력과 인내로는 평생 더 오랜 시간을 전념하여도 영성의 곧은 길은커녕 두려움의 진화 과정 속에서 계속 맴돌아야 할 것이다. 물론 영화와 그 의식 수준 분석이 호킨스 박사 연구의 중심이 아니고, 전부는 더더욱 아니다. 동시에, 방금 말했듯이 나의 지력과 인내가 겨우 허용한 두려움이라는 진화 과정 속에서 헹여나 호킨스 박사의 본질을 벗어나 오독할 수도 있다는 뼈아픈 약점도 절실하게 알고 있다. 그러면서도, 그럼에도 이 영화라는 필터를 통해서라면, 말하자면 '호킨스스러운' 메시지의 소박한 끝자락이라도 붙잡을 수 있지 않을까 조심스럽게 걸음을 내디뎌 보고자 했다. 앞서 내내 사라지지 않았던 흑백 무지개가 찬란한 빛깔로 잠시 내게 찾아왔듯이, 그렇게 찰나의 기쁨과 사랑과 평화와 빛비춤이 그야말로 스치듯 다가올 것이라고 감히 기대하고 싶었다.

호킨스 박사가 제시한 의식 지도에 따르면 310에서 400

사이는 '이해, 용서, 낙관'의 감정이 존재하는 지점이며, 400에서 600 사이는 '경외, 평온, 지복'의 감정이 존재하는 지점이다. 가령, 영적 실천행위 중에서 순전히 남들에게 친절을 베풀려는 목적만으로 행하는 사심 없는 선행의 의식지수는 350인데, 영화 「시애틀의 잠 못 이루는 밤」도 똑같은 350이다. 메카 순례의 의식지수가 390인데, 이는 영화 「아웃 오브 아프리카」와 같다. 의식 수준 455의 영화 「간디」는 러시아 대문호 톨스토이의 문학과 초현실주의 대가 살바도르 달리의 그림과 같은 수준에 속한다. 호킨스 박사는 모든 시리즈의 후반 자전적 기록에서 "본질적으로 그저 평범하다는 것은 다름 아닌 신성의 표현이다. 다시 말해, 진짜 자아의 진실은 일상의 경로를 통해서 발견할 수 있다. 서로 보살피고 친절한 마음으로 살아가는 것이 여기에 필요한 전부다. 그 나머지는 때가 되면 서서히 자신을 드러낸다. 일상과 신성함은 뚜렷하게 구별되지 않는다."고 말했다.

영화는 스크린과 나, 나와 타자, 나와 세상이 소통하는 가장 대중적이면서 일상적인 매체다. 이런 영화를 보는 일이 호킨스 박사의 발견(의식 측정 수준)과 조언(일상과 신성의 결합)에 따르면 곧 영적 실천이 될 수 있다니, 이 얼마나 반갑고 고마운 일인가! 어쩌면 영화를 보는 일, 글을 쓰는 일은 누구에게나 참된 자아와 삶의 본질에 대하여 한 번쯤 고민하게 되는 열린 시간이자 공간이다. 이 맥락에서 일상 속의 신성이란 결국 억지로 일상을

축소하는 것이 아니라, 일상적으로 접하는 만인의 영화 안에서
도 충분히 영적 확대를 위한 소소한 노력을 하면서 새로운 즐거
움을 느낄 수 있다는 뜻으로 이해할 수 있다. 영화라는 대중예
술 안에서 세상과 소통하고 나눌 수 있는 메시지를 본다는 것,
누구나 마음 편하게 신성한 동심원 안으로 걸어 들어가는 소박
한 자신감을 품어도 좋을 것 같다.

　　지금 보면 맨 처음에 내가 밑줄을 치고 동그라미 표시
를 해 두었던 영화 중에서 나중에 실제로 글로 탄생하지 못하는
경우도 종종 있었다. 그리고 영화를 다시 보고 글을 반쯤 쓰면
서 아무래도 길을 벗어난 것 같아 도중에 그만둔 경우도 몇 차
례 있었다. 그 과정이 곧장 신성으로 갈 수 있는 특급비행이 아
니라 언제든 돌부리에 치이고 넘어질 수 있음을, 그럼에도 계속
가고 싶은 여정임을 그렇게 또 알게 되었다. 설령 호킨스 박사
와 의식 수준을 처음 접하는 독자라도, 혹은 전혀 모르거나 아
예 무관심하여도 괜찮다. 영화와 문학이라는 다정한 친구들과
함께 때론 공감하고 때론 고개를 갸웃거리면서, 나 자신과 세상
을 향해 기꺼이 스스로 내어 줄 수 있는 소소한 가치와 기쁨 그
리고 뜻밖에 반가운 공감의 메시지를 얻는 이 작은 여정에 함께
할 수 있기를, 조심스럽게 손 내밀어 본다.

1부

그대는 내 영혼의
마지막 꿈이었음을

I wish you to know that you have been the last dream of my soul.

— Charles Dickens, *A Tale of Two Cities*

그래서
함께 간다

오랜만에 남쪽으로 내려가는 고속버스 안. 언제나처럼 TV 소리가 고요함을 깨우는 백색 소음으로 자리한다. 평소엔 여유가 없어서 못 보기도 하지만 고속버스에서 맨 앞자리에 앉아 이렇게 켜 놓은 TV 소리를 외면하기란 보통 어려운 일이 아니다. 어느 때부터인가 혼자 앉아 갈 수 있는 맨 앞자리 3번 좌석을 예약하는 습관이 생겼다. 오른쪽으로 고개를 돌리면 고속도로 바깥의 풍경이 지나간다. 석양이 내려앉는 시간이면 빛과 어둠이 만들어 내는 시린 풍경에 홀로 어딘가로 여행하는 꿈을 꾸어도 낯설지 않다. 이럴 때면 여러 생각의 가지가 뻗어 나갈 것 같지만 지난 20년 이상 서울과 남쪽을 오가는 길에서 언제나 명징하게 떠오르는 생각의 첫머리와 끝머리는 단 하나뿐이었

다. '어떻게 살아야 하는 걸까?'

스물네 살의 봄날 고속도로를 달려 첫 대학 강단에 설 때도 그랬고, 마흔네 살의 가을날 저자와의 만남과 강연 자리에 설 때도 그랬다. 그런데 그 강연이 있은 후 불과 두 달 정도 지난 시점에서 어느 고독한 피아니스트와 작은 만남을 하러 가는 길에, 문득 그 명제의 본동사가 달라졌다. 은연중에 내 머리와 가슴은 이런 문장을 되뇌고 있었다. '어떻게 죽어야 하는 걸까?'

나는 누군가에게
변화를 준 사람인가?

영화 「어바웃 슈미트」(2002)의 주인공은 은퇴와 아내의 죽음이라는 생애 전환의 기점이 될 사건을 겪은 후에 그 넓은 미국의 길을 횡단하면서 이전과 다른 마음의 시행착오를 거친다. 겉으로 명분은 딸의 결혼식에 맞춰 가는 길이라지만 미리 소개받은 사윗감이 마음에 들지 않는 장인의 본심은 거기에 있지 않다. 개봉 당시 영국 《가디언》의 피터 브래드쇼는 이 영화를 "미국식 고전(American Classic)"이라고 부르며 "명작(masterpiece)"의 반열에 올렸다. 기실 상실과 두려움, 분노와 고독, 삶의 말년을 정리하며 야단법석을 선보이는 주인공 워렌 슈미트의 행적은 모든 인간이 거쳐 가고 도달할 수밖에 없는 지점으로 향하기 때문이다.

이 영화는 주인공의 은퇴 기념 파티로 시작해 딸의 결혼식으로 끝난다. 끝과 시작이 뫼비우스의 띠처럼 연결된 이 구조는 결국 인간의 유한한 삶이 지닌 속성을 상징적으로 보여 준다. 누군가는 사회구성원으로 일을 끝내고 개인적 삶마저 결말을 향해 가는 지점에서, 또 누군가는 새로운 사회적 역할과 개인적 삶을 시작하고 있는 것이다.

슈미트는 밤하늘의 별을 올려다보며 흔들리는 눈빛과 차오르는 가슴속으로 맺혔던 마음의 소리를 들려준다. 그 소리는 마치 고속버스 안에서 내 의지로 켜 놓지 않았지만 들을 수밖에 없는 TV 소리처럼 스크린 위로 흐른다. 또한 그 내레이션은 내 의지로 이 세상에 태어난 것은 아니지만 근본적으로 던져볼 수밖에 없는 실존의 음성으로 들려온다.

"어쩌면 생각보다 빨리, 난 세상을 떠나겠지.
어쩌면 생각보다 빨리 세상을 떠날 거야.
20년 후가 될 수도, 당장 내일이 될 수도 있겠지만,
그건 중요하지 않아.
일단 내가 죽고, 나를 알던 사람들이 다 죽으면,
그건 마치 내가 이 세상에 한 번도 존재하지 않았던

것처럼 되는 거잖아.

나는 어느 누군가에게 변화를 일으켜 주었을까.

대체 하나도 생각나지 않아. 젠장, 하나도 말이야."

누군가의 삶에 변화를 주는 데 아무런 역할을 하지 못했다는 실존의 상처가 생길 순간, 그의 손에는 저 멀리 탄자니아의 꼬마 천사 엔두구에게 보낼 편지가 있다. 우연히 TV 광고를 통해 하루 77센트를 후원하게 된 그 꼬마에게 가벼운 마음으로 쓰기 시작했던 편지. 영화 속 그 마지막 편지에서 주인공 슈미트는 비로소 자신의 삶과 타인의 삶을 연결하고, 이 세상 속에서 살아가는 의미를 깨닫기 시작한다.

이제 은퇴를 하고 내일 당장 세상을 떠나도 전혀 이상할 게 없는 사람에게 '어떻게 살아야 할까?'라는 질문이 행여 빛바랜 명제라 할지라도, '나는 세상 어느 누군가에게 어떤 변화라도 일으켜 주었을까?'라는 질문은 그 모든 클리셰를 역전시키는 윤리적 출발을 선사한다. 그는 상실을 겪고 희극적 소동처럼 보이는 여러 일을 겪으며 말년에 와서야 언제나 삶 속에 도사리고 있던 '나는 왜 이 세상에 왔는가?'라는 두려운 질문에 직면했다. '나'라는 개인적 삶의 틀에서 벗어나 나와 똑같이 유한한 삶을 살아가는 동료, 타인의 삶에 연민과 관심을 갖게 된 것이다.

『현대인의 의식 지도』에 나온 전기적 고백에 따르면, 데이비드 호킨스는 자신을 완성하기 위해 세상을 떠나 7년 동안 명상과 연구에만 매진한 적이 있었다. 한데 그 지극히 행복한 상태를 스스로 떠나 다시 세상 속으로 돌아왔다. "서로 보살피고 친절한 마음으로 살아가는 것"이 진실의 길이며, "최대한 많은 동료들이 (일상에서) 신의 현존을 조금이라도 더 가까이에서 잘 이해할 수 있도록 도와주는" 것이 가장 중요한 일이라고 믿었기 때문이다. 그는 평범한 일상이 신성을 발견하고 표현하는 경로라고 했다. 따라서 세상 속에서 누군가의 삶에 변화를 줄 수 있었느냐고 묻는 슈미트의 질문은 호킨스가 제시한 신성한 여정 안에, 그리고 좀 더 큰 윤리적 동심원 안에 자신을 위치시키고 있는 것이다.

이 작지만 소중한 마음의 행로를 시인 에밀리 디킨슨[435] (이후 본문 [ ] 안의 숫자는 호킨스 박사가 측정한 의식지수다.)은 이렇게 노래하기도 했다.

내가 세상에 단 하나의 심장이라도 부서지는 걸 막을 수 있다면,
난 헛되이 산 게 아니라네.
내가 세상에 단 하나의 생명이라도 아파하는 걸 덜어 줄 수 있다면,
아니, 단 하나의 아픔이라도 식혀 줄 수 있다면,

아니, 단 한 마리 쓰러진 울새를 보듬어

다시 둥지로 넣어 줄 수 있다면,

난 결코 헛되이 산 게 아니라네.

— 「내가 할 수 있다면」

그래서,

함께 간다

　사실 삶과 죽음 자체는 인간의 삶과 문화를 지속 가능하
게 만드는 필연적인 과정이기도 하다. 이 자연의 섭리 안에서
필멸의 인간은 그저 아버지와 아들로, 어머니와 딸로, 다시 그
아들과 딸의 아들과 딸로 그렇게 삶이 흘러가는 것일까? 아니
다. 분명한 것은, 누구나 어느 곳에서든 어느 시점에서든 비극
과 희극을 교차하며 자신의 삶을 되돌아보고, 심리적으로 나를
확대하면서 인식이 전환되는 순간을 맞이할 수밖에 없다. 유감
스럽게도 영화 「어바웃 슈미트」의 주인공처럼, 우리 대부분은
육체적으로 힘이 떨어지고, 사회적으로 역할이 축소되고, 심리
적으로 연약해질 때 그런 전환의 순간에 직면한다. 그럼에도 불
구하고 슈미트에게 엔두구라는 존재가 없었다면, 그 아이를 자
신의 삶 속으로 끌어들여 글쓰기(편지)라는 맥락을 통해 시나브

로 현실을 살펴보지 못했다면, 이 영화는 단순히 은퇴자 노년의 좌충우돌 로드무비가 되고 말았을 것이다. 감독 알렉산더 페인은 자신이 즐겨 차용하는 로드 무비의 형식과 내용을 상식과 이상의 균형으로 채울 줄 아는 작가다.

어쩌면 영화라는 장르는 창조하는 이와 향유하는 이 모두에게, 현재의 내가 품고 있는 마음과 이 세상에 사라지고 없을 미래의 내가 꿈꾸는 모습을 한 점 한 점 찍으며 가는 여정과도 같다. 「어바웃 슈미트」는 주인공 워렌 슈미트만의 일이 아니라 이 세상의 모든 현실남녀가 한 번쯤 함께 걸어가야 할 길 위의 지도다. 그런 의미에서 이 영화는 내가 떠나 버릴 시간과 공간에 대한 두려움과 아픔이 아니라, 나의 이 작은 삶으로도 밝힐 수 있는 작은 초가 있다면 기꺼이 불을 댕기는 존재의 깊은 윤리를 새겨 준다.

그렇다면 그 낯선 길을 어떻게 시작하느냐고 묻는다면, 나는 중국 본토의 소설가 펑젠민의 단편 「그 산 그 사람 그 개」의 아버지와 아들이 길을 나서는 문장으로 화답하고 싶다. 시작과 끝. 죽음과 삶. 모든 게 두렵지만 따스한 손길과 눈길만으로 이 세상의 지속과 변화는 충분하다.

"그래서 함께 간다.
아들을 데리고 길을 걸으며 이 일에 대해 많이 알려 주려고 함께한다.

그래서 길에 올랐다.

장엄한 첫 발걸음을 내딛는 새내기

그리고 과거와 이별하려 마지막 여정에 오른 늙은이가

함께 길에 올랐다.

그리고 개가 그들과 함께한다."

푸른 고독의 불꽃, 그 심연의 끝

그랑블루
Le Grand Bleu 700

"누구나 자기만의 바닷가가 하나씩은 있는 게 좋다."(정호승)고 했던가. 가슴에 바다가 차오르는 날, 자기만의 바다가 너무 멀어 순간 쓸쓸해지는 날이면 그림으로 바다를 눈에 담고, 음악으로 바다를 귀에 듣는다. 그래서인가. 클로드 모네의 그림 「벨일 해안의 폭풍」 속, 굽이치는 물결이 단숨에 가슴으로 밀려온다.

"뭍에 사는 존재는 본질적으로 물에서 숨을 쉴 수 없다. 물과 뭍을 두 세계로 돌이킬 수 없이 갈라놓는 영원한 숙명적 장벽이다. 바다라고 부르는 어마어마한 물은 심연을 알 수도 없고 막막하기만 하다. 그러니 우리의 상상에 언제나 무섭게 비친다고 그리 놀랄 일도 아니다. 동양인은 바다에서 비통한 구렁텅이, '깊고 깊은 밤'만을 볼 뿐이다. 인도에서 아일랜드에 이르기까지 모든 고대에서 바다는 '사막'이나 '밤'과 비슷한 말이거나 동의어였다. …… 바닷속으로 어지간히 깊이 들어가면 금세 빛이 사라진다. 우리는 을씨년스러운 붉은 기(氣)만 감돌며 너울대는 황혼 속으로 빠져든다. 하지만 그 빛마저 사라지고 나면 완전히 어둠에 젖는다. 절대적 어둠이다. …… 이 거대한 덩어리, 어마어마한 면적, 무지무지한 깊이가 바로 지구의 대부분을 차지하는 어두운 세계다. …… 빛이 비치지 않는 곳에서라면 삶도 끝이라 짐작했다. 맨 위층 수표면 부근만 제외하면 그 모든 깊이와 바닥을 알 수조차 없는(심연에 바닥이 있다면) 막막한 고독이다."

19세기 프랑스 역사가 쥘 미슐레의 『바다』는 표지에 그려진 모네의 파도를 넘어 이렇게 시작한다. "숙명적 장벽, 깊고 깊은 밤, 절대적 어둠, 어두운 세계, 막막한 고독!" 이 세상, 어떤 대상을 비유하는 형용사와 명사의 결합이 이토록 두려운 적이 있었을까. 여기에 미슐레는 "깊은 슬픔"과 "일상적 애도"의 감정까지 언급한다. 이 단어의 향연 앞에 하릴없이 연상되는 상황은 정말이지 피하고 싶은 그것, '죽음'뿐이다.

바다,

저 세상의 흔적

1988년 개봉한 영화 「그랑블루」의 리뷰에는 공통된 표현이 하나 등장한다. 이 영화의 심해 장면을 두고 1988년 8월 19일 《LA 타임스》의 케빈 토머스는 "비현실적(otherworldly) 해저 장면"이라 했으며, 8월 20일 《뉴욕 타임스》의 재닛 매슬린은 "영화의 해저 영상은 매우 비현실적(otherworldly) 특성을 보인다."고 언급했다. 한술 더 떠, 매슬린은 주인공 자크 마욜을 가리켜 "이 세상 같지 않은(not-of-this-world) 심해 잠수사"라고 부른다. "비현실적"이라고 번역했으나, 기실 이 단어가 품은 가장 무의식적인 의미는 바로 '저 세상'의 흔적이라는 데에 있다. "이 세상 사람 같지 않은" 주인공이 펼치는 "저 세상의 흔적"이 농후한 저 바다 밑. 거기가 어떤 곳이냐는 물음에 자크는 이렇게 답한다.

"바다 밑바닥에 내려가면 바닷물은 더 이상 푸른빛이 아니고, 하늘은 기억 속에서만 존재해요. 그러고는 떠다니는 거죠, 고요 속에서. 그곳에 머무르며 인어를 대신해 죽을 수 있다는 마음이 생길 때, 그들이 나타나요. 우리를 반겨 주고 그들에 대한 우리의 사랑을 판단하죠. 만약 그것이 진실되다면, 만약 그것이 순수하다면, 그들은 함께 있을 거예요. 영원히 곁에 있을 거예요."

데이비드 호킨스는 자전적 기록에서 참나와 만나게 되는 경험을 고백하며 "모든 살아 있는 존재들은 빛이 되어 고요와 광채 속에서 이 빛을 표현했다. ······ 그건 마치 세상 모두와 사랑에 빠진 모습과 같았다."고 썼다. 자크가 말하는 바다 밑바닥의 "고요"와 "인어"와 "사랑"과 "순수"는 속세의 것이 아니라 그보다 더 심오한 어떤 세상을 보여 준다.

그런 자크를 사랑하게 된 조안나. 그녀는 "잠수할 때 어떤 기분이 들어요?"라고 묻는다. 이때 그의 대답은 완벽하게 이 세상의 선을 넘어간다.

"추락하지 않고 미끄러져 떨어지는 느낌이야. 가장 힘든 건, 바다 맨 밑에 있을 때야. 왜냐하면 다시 올라와야 할 이유를 찾아야 하거든. 항상 그걸 찾는 게 너무나 어려워."

데이비드 호킨스의 자전적 기록에 따르면, "매일 아침저녁으로 한 시간씩 하던 명상을 멈추어야만 했다." 그 이유는 자크의 대답과 맥락을 같이 한다. "명상이 현실적 인간으로서 기능하는 것이 불가능할 정도로 지극한 행복을 더 강렬하게 만들어 주곤 했기 때문이다. 어릴 적, 눈 더미에 갇혔을 때 일어났던 것과 유사한 경험이 반복되곤 했다. 그래서 그 상태를 벗어나 세상으로 돌아가는 일이 점점 더 어려워지기 시작했다.”

영화를 보는 내내 자크의 말과 행동에서, 어린 호킨스가 눈 속에 갇혀 처음으로 죽음을 경험하며 “빛내림”과 “무한한 현존”을 느꼈던 장면이 중첩되곤 했다. 12살짜리 소년 데이비드는 그 무시간의 상태에서 “다시 나의 육체와 그것이 내포한 모든 것으로 되돌아가기가 정말 망설여졌다.”고 고백한다.

심해의 명상가,
자크 마욜

의식 지도에 따르면 영화 「그랑블루」는 700이라는 경이로운 수준에 존재한다. 의식 지도에서 지수 700은 ‘깨달음’의 수준이며, ‘참나’와 ‘순수의식’에 이른다. ‘평화’와 ‘지복’의 수준이 지수 600임을 감안한다면, 700은 가히 이 세상을 넘어섰다고 할 만하다. 호킨스는 『의식 혁명』에서 처음으로 이 영화의 수준을 제시하고 설명한다. 그 시작은 스포츠가 보여 주는 자기 초월적 상태에 대한 이야기였다. “경기자들은 의식의 높은 상태를 자주 경험한다. 장거리 육상 선수들이 평화와 기쁨의 상태에 자주 이른다는 것은 널리 기록되어 있다." 여기에 나오는 "평화와 기쁨의 상태"는 바로 앞에서 언급했던 의식지수 600에 해당한다. 그런데 연구를 진행하는 중에 예의 문제의 이 영화가 등장한다.

"우리가 연구한 스포츠 영화 중에선 프랑스 영화 「그랑 블루」가 가장 높은 측정치를 나타냈다. 그것은 최근까지 다년간 심해 다이빙 세계기록을 보유했던 프랑스인 자크 마욜에 관한 영화다. 영화는 700이라는 비상한 에너지 수준(보편적 진실)으로 측정되며, 관객을 높은 의식 상태로 밀어 넣는 힘이 있다. …… 영화는 슬로모션 촬영기법을 이용하여 고양된 의식 상태에 있는 세계 최고의 심해 다이버를 정확히 묘사하는 데 성공한다. 의식의 높은 상태에서는 슬로모션, 아름다움, 우아함이 주관적 감각으로 자주 감지된다. 시간은 멈춘 듯하고 세상의 소음에도 불구하고 내면은 침묵한다. 영화 전체에서 우리는 자크 마욜이 집중의 강렬함으로 그런 상태를 유지하는 것과, 그로 인해 거의 항상 명상 상태에 들어 있는 것을 본다."

2001년 12월 24일, BBC는 그 이틀 전에 스스로 목숨을 끊은 자크 마욜(1927~2001)의 부고를 올렸다. 향년 76세. 아이러니하게도 _그_의 부고에서 가장 선명하게 드러나는 것은 "요가를 기초로 하여 자기만의 마음 상태에 도달한다는 다이빙 철학"이었다. 이 철학을 통해 그는 인간의 한계를 넘어 무호흡의 가사(假死) 상태에 이르곤 했다. 해를 넘겨 2002년 1월 9일 《인디펜던트》의 부고는 자크 마욜이 높은 의식 수준에 이를 수밖에 없는 중요한 실마리를 제공한다.

> "운동에 적합하지 않은 천성을 보완하기 위해, 그는 어린 시절 배운 요가 기술을 훈련에 결합하여 바다와 영적인 일체(spiritual union)를 이루었다. 그는 이렇게 말하곤 했다. '역설적이지만, 숨을 멈춘다는 생각 자체를 하지 않는 게 최선이다. 당신이 그 자체로 숨 쉬지 않는 행위의 일부가 되어야 한다.'"

하루 뒤, 1월 10일 《텔레그래프》의 부고는 여기에서 한 걸음 더 올라간다.

> "영화 「그랑블루」에서 프리 다이빙은 스포츠로 나오지만, 자크 마욜에게 다이빙은 인간의 조건을 이해하는 철학과 깊이 연결돼 있고, 바다와 돌고래를 향한 사랑으로 이어진 것이었다."

요가와 영적 결합, 마침내 인간과 바다에 대한 사랑으로 이어지는 자크 마욜의 전기적 사실은 이 영화의 스타일과 주제를 이끌고 있다. 실제로 자크 마욜은 영화의 각본 작업에 참여하기도 했다.

영원한 생명이냐, 육체적인 생명이냐

어떤 면에서 영화 「그랑블루」는 고요한 바다를 향해 뛰어드는 인간의 몸짓을 반복한다. 세상의 소음은 "내가 현실"이라고 소리치지만, 해저로 들어간 자크에게는 수중 생명체의 백색 소음만 들릴 뿐이다. 마지막 장면, 바다 밑으로 가서 봐야 할 게 있다는 자크를 향해 조안나는 울부짖으며 소리친다.

"가서 무엇을 본다는 거예요? 그곳에는 아무것도 없어요. 밑은 어둡고 차가울 뿐이에요. 당신 홀로 있을 뿐이에요. 나는 여기 있다고요. 나는 현실 속에 이렇게 있잖아요."

물리적으로 풀이하자면, 자크는 그 바다 밑에서 오래전

잠수 중에 돌아가신 부친과 조금 전 자기 손으로 떠나보낸 친구 엔조가 보고 싶었을 것이다. 하지만 호킨스적으로, 혹은 자크적으로 풀이하자면 다시 뭍으로 올라와야 할 이유가 없는, 고요한 인어들의 세상으로 함께 가고 싶었던 것이다. 그런 의미에서 엔조의 마지막 선택은, 저 바다 밑이 더 이상 환영이 아닌 실재의 세계라는 무의식을 더욱 각인시킨다.

> "자크, 네 말이 맞았어. 바다 아래가 더 좋더군. 더 멋진 곳이었어. 나를 물속으로 돌려보내 줘. 나를 물밑으로 데려다줘."

이 명확한 증거 앞에서 이제 자크는 현실에 존재하는 사랑하는 여인과 태어날 아기를 뒤로하고, 바다 밑으로 내려가 돌고래의 손짓에 화답한다. 어쩌면 그의 마지막은, 부친의 죽음으로 시작되어 오래도록 연기시킨 '쾌락 원칙'을 실현하는 생애 단 한 번의 뜨거운 선택일지도 모른다. 그렇기에 영화는 어느 한곳에 정착하지 못하고 그리스, 뉴욕, 파리, 페루, 안데스, 시칠리 등 지구 곳곳을 이동하며 마지막 지점을 우회하고 또 우회했던 것인가. 이 선택을 두고 데이비드 호킨스는 『진실 대 거짓』에서 이렇게 분석한다.

"영화 줄거리의 바탕에는, 모든 생명은 하나임(Oneness)이고, 영원한 생명이냐 육체적 생명이냐를 선택하는 것은 열려 있는 선택지라는 맥락화가 깔려 있다."

영화는 서두에서 언급한 여러 리뷰에서 말하듯, 일생의 경쟁자와 벌이는 절대적 승부 세계, 그리고 슬픈 사랑 이야기와 같은 옷을 입었다. 그리고 케빈 토머스의 표현을 그대로 빌리자면 "일관성도 없는 각본"을 감당하기 위해 "제임스 본드 영화에나 어울릴 듯한 세계 이곳저곳을 다니며" "마치 여행기 같은" 수준으로 "비싸고 아름다운 영상만" 가져다 쓰면서 "재능 있는 연출가가 완전히 길을 잃은" 영화로 평가된다. 그러나 영화의 핵심은 그런 겉옷이 아니라, 그 아래 숨겨진 잠수복이 전하는 진실에 있다. 이 진실 앞에서 현실에 속한 조안나의 대사에는 평범한 우리 모두의 감정이 그대로 실려 있다. "자크, 나는 당신이 바다를 바라보고 있으면 무서워요." 무서움! 쥘 미슐레가 말했던 바로 그 "숙명적 장벽, 깊고 깊은 밤, 절대적 어둠, 어두운 세계, 막막한 고독!" 그 두려움은 결코 이 세상에 속할 수 없는 존재와 마주친 인간의 본능적 몸짓이다.

푸른빛을 숨긴
저 은빛 바다에서

영화의 프롤로그, 자크의 어린 시절과 부친의 죽음은 철저히 흑백으로 처리된다. 하지만 그 흑백 속에서도 은빛 윤슬의 고요한 바다는 단 한 번도 그 빛을 잃은 적이 없다. 자크의 말처럼 "바다 밑바닥까지 내려가면 바닷물은 더 이상 푸른빛이 아니다." 흑백 영상 속 은빛 바다는 미슐레의 표현을 버무린다면 푸른빛을 철저히 숨긴 채, 날마다 태양을 삼키고 애도하는 깊은 슬픔의 진짜 바다인지 모른다.

아르헨티나의 시인 알폰시나 스토르니(1892~1938)는 모국의 가장 화려하고 아름다운 바다, 마르 델 플라타(Mar del Plata) 속으로 걸어 들어가 이 세상을 하직했다. 그녀의 죽음을 애도하기 위해 시인 펠릭스 루나는 시를 쓰고, 작곡가 아리엘 라미레스는 곡을 붙였다. 그녀가 사라진 바다, 마르 델 플라타의 뜻은 바로 "은빛 바다!" 은빛 바다를 넘나들며 인어들 곁에 머물러 있을 자크 마욜, 그의 목소리를 닮은 호세 카레라스가 부르는 알폰시나가 못 견디게 쓸쓸하다. 오늘 이 은빛 바다의 가락에 내 영혼은 부서지겠구나.

알폰시나여! 고독을 품고 가시는군요.

새로운 시를 찾으러 가셨나요?

소금기 머금은 해묵은 해풍이

그대 영혼을 어루만지며 모시고 가는 길,

꿈에 취한 듯

그대는 바다의 옷을 입고 가시는군요

다섯 인어가

해초와 산호초 길로 그대를 인도하리니

―「알폰시나와 바다」

우리는
늘 함께 있었어

포레스트 검프

Forrest Gump 475

요즘 하릴없이 누군가가 나에게 어떤 생각을 하면서 어떤 일을 하고 있으며, 또 어떤 책을 읽으면서 어떤 일상을 보내고 앞으로 무엇을 하고 싶은지 한껏 질문해 주었으면 하는 엉뚱한 바람이 생긴다. 내심 좋은 인터뷰어를 만나 서로 질문과 대답을 나누다 보면 나조차 모르고 있던 나의 과거와 현재와 미래를 볼 수 있을지도 모른다는 기대를 하게 된다.

가장 아끼는 산문집 『시간의 눈금』에 따르면, 존경하는 고(故) 이윤기 선생은 생전에 "어째서 아직까지도 천 년, 2천 년 전의 이야기에 매달려 있느냐?"는 질문을 자주 받았다고 한다. 『시간의 눈금』 속에 활자로 각인된 선생의 대답은 그 자체로 신성한 목소리가 되어 남아 있다. "역사의 날빛으로 나오지 못한 이야기는 달빛에 젖어 신화가 된다고 사람들은 말한다. 날빛을 받아 역사가 된 이야기보다 나는 달빛에 젖어서 신화가 된 이야기들을 더 좋아한다."

날빛의 역사에서
달빛의 신화로

영화 「포레스트 검프」(1994)는 미국의 1950년대부터 1980년대를 가로질러 "날빛을 받아 역사가 된 이야기"를 마치 "달빛에 젖어서 신화가 된 이야기"처럼 전달해 준다. 1994년 7월 개봉 당시 로저 에버트는 리뷰에서 "이 영화는 지금까지 한 번도 만나 본 적 없는 작품이다. 이것은 희극인가? 아니면 드라마인가? 아니면 꿈인가?"라는 서술로 「포레스트 검프」가 가진 독특한 위치를 선언하기도 했다. 개봉 20주년을 맞이한 2014년 7월, CNN의 브랜든 그릭스는 "감독 로버트 저메키스가 20세기 미국 역사에 보내는 송시(Ode)는 이제 현대의 고전으로 자리매김했다."고 평가했다.

이 영화는 전 세계에서 6억 8,000만 달러의 흥행 수익을 올리고, 1995년 제67회 아카데미에서 작품상, 감독상, 남우주연상, 각색상, 시각효과상을 모두 가져가는 등 큰 반향을 불러일으켰다. 하지만 브랜든 그릭스가 밝힌 것처럼 "개봉 당시 관객과 비평가들 중에는 질척거리는 감정선과 우스꽝스러운 판타지가 혼합된 단순한 영화로 판단하여 싫어하는 사람도 많았다." 그런 와중에도 톰 행크스의 독보적인 연기만은 모두가 인정했다. 《뉴욕 타임스》의 재닛 매슬린은 "이 영화가 갖고 있는 이른바 기독교적 교훈, 통속적 감상, 낙천적 교훈이 혼합된 폴리애나 스타일에 휩쓸리지 않고 연기할 수 있는 유일한 주류 배우는 톰 행크스뿐이다."라고 말했다. 특히 《롤링스톤》의 피터 트래버스는 매우 인상적인 평가를 들려준다. "주인공은 1950년대부터 1980년대까지 이른바 미국 현대사 성지순례를 하면서 마치 볼테르의 『캉디드』처럼 여러 곳에서 다양한 경험을 하게 된다. 그러나 원작자나 각색가는 볼테르가 아니기 때문에 그 여정에서 목을 메이게 만드는 감정으로 볼테르식 풍자를 완화시킨다. 이 과정에서 포레스트 검프라는 문학적 장치에 유머와 강렬한 인간성을 불어넣은 것은 바로 배우 톰 행크스였다."

사실 톰 행크스는 이미 1994년 영화 「필라델피아」로 오스카 남우주연상을 받았고, 1995년 더욱 막강한 후보들 사이에서 「포레스트 검프」로 연속 2연패를 달성하는 이례적인 커리어를 보여 주었다. 그는 두 번의 오스카에서 모두 감격에 겨운 표정과 소감을 전하면서, 한결같이 "신의 축복이 세상 모두에게 내리길 기원합니다."라고 인사를 마무리했다. 이제 25년이 지난 지금 그 영상 클립을 다시 보니 자연인과 영화인으로서 모범적 삶을 살아왔다고 평가받는 톰 행크스에게서 어쩐지 포레스트 검프라는 캐릭터가 가진 미덕이 스쳐 간다. "혹시 이 영화는 꿈인가?"라고 설렘을 감추지 않았던 로저 에버트에게 그 미덕은 "현대 미국의 두 개 문화를 통합시키고 화해하는 꿈"이며, "포레스트 검프의 현대사 성지 순례"라고 평가했던 피터 트래버스에게 그 미덕은 "냉소주의가 판치는 세상 속에서 희망을 찾는 능력"이다.

영화를 다시 보고 여러 리뷰를 찾아 읽는 동안, 마치 제프리 초서의 『캔터베리 이야기』에 등장하는 14세기 경향 각지의 귀족, 수사, 평민 등 여러 순례자들이 선술집에 앉아 왁자지껄 술잔을 높이 들고 이야기를 이어 가는 소리가 들리는 듯했다. 또한 18세기 볼테르의 캉디드가 유럽과 남미를 돌며 전쟁과 질병 등 온갖 체험을 하는 현장에서 내뿜는 한숨 소리가 들리는 것 같기도 했다. 말하자면 포레스트 검프는 20세기 미국의 현대사를 들려주는 흥미진진한 전기수(傳奇叟)다. 그 전기수는 세상과 인간의 '소음과 분노'를 때로는 영화 속에 나오는 깃털처럼 훨훨 자유롭게, 때로는 영화 속 초콜릿처럼 달콤하게 사랑을 입혀 스크린이라는 네모 상자에 넣어 관객에게 선사한다. 이렇게 볼 때, 영화 「포레스트 검프」는 당대의 이야기를 여러 층위의 인물과 배경과 사건을 옮겨 가면서 전달하고, 독자는 그 행간과 맥락을 읽어 내는 오랜 문학 전통 안에 있는 셈이다.

보수적인 핵심을 담은
리버럴한 영화

브랜든 그릭스의 표현대로 "세상에 나온 20년 후에 이 영화는 하나의 문화적 기념비가 되었고, 90년대 다른 오스카 수상작이 기억에서 사라져 가는 현실에서도 오히려 「포레스트 검프」를 이야기하는 사람은 더욱 많아졌다." 그런 의미에서 1994년 10월 영국 개봉 당시, 《가디언》의 데렉 말콤이 했던 평가는 큰 공감을 불러일으킨다.

"포레스트 검프는 우리 모두가 한 번쯤 가져 봤을 온갖 꿈들을 다 한 번씩 해 보는 희극적 판타지를 보여 주며, 영화는 이 모든 환상을 진짜처럼 보이게 만드는 매우 매력적인 시도를 한다. 그러므로 포레스트 검프는 정말 뼛속까지 냉소적인 사람을 제외한다면 거의 모든 사람들에게 어필할 것이다. 관객들은 자신들이 원하는 대로 이 영화를 보고 흡수할 것이기 때문이다. 그런 면에서 오히려 이 영화는 매우 보수적인 핵심을 담은 리버럴한 영화이기도 하다."

여자 주인공 제니의 묘비석에는 '1945~1982'라는 생몰연

대가 선명하게 새겨져 있다. 대부분의 비평가에 따르면 1950년
대부터 1980년대까지 이 시기 미국의 현대사를 살아온 포레스
트는 '신에 대한 경외, 정직과 성실, 애국심' 같은 보수적 가치를
구체화한 인물이다. 반면 제니는 이 보수적 주류 문화와 다른
편에 서 있는 문화를 상징한다. 이는 전형적인 남녀의 문학적
장치, 혹은 보수와 진보의 가치 대립, 또는 주류 역사와 반체제
문화의 성격 등 여러 가지 맥락이 다양한 방식으로 논의될 수
있는 지점이다. CNN의 리뷰에 따르면, 스탠퍼드 역사학부 샘
와인버그 교수도 바로 이 점을 지적하고 있다. 물론 흥미롭게도
영화의 제작과 개봉 시기는 1994년 빌 클린턴 대통령 시절이다.

데이비드 호킨스는 『진실 대 거짓』에서 흔히 미국의 보
수적 가치를 말할 때 언급되는 애국심을 이렇게 설명하고 있다.

> "애국심과 민족주의 간에는 중대한 차이가 있다. 애국심
> 은 조국에 대한 사랑을 포함하고 반영하며, 따라서 자신
> 의 동포를 향한 존중, 감사, 평가, 의미 부여, 선의를 포괄
> 한다. 애국심은 또한 미국 헌법과 권리장전(수정헌법 1조에서
> 10조)에서 명시하는 모든 것(창조주의 신성으로 말미암은 모든 인간의
> 평등함)에 대한 경의라는 동질성이 바탕에 깔린 자존감을
> 포함한다."

그리고 미국 전통의 정수를 예시한 인물이 벤저민 프랭클린(1706~1790)이라고 밝힌다. 벤저민 프랭클린의 의식지수는 영화 「포레스트 검프」보다 조금 높은 480으로 제시된다.

"그는 기업가 정신과 개인적 자유를 입증해 보였고, 사회적 계급의 벽을 뛰어넘었다. 모든 종교를 지지했으며, 신에 대한 최고의 예배는 자신과 타인에 대한 선행이라고 가르쳤다."

프랭클린은 18세기가 시작되는 순간 태어나 18세기가 끝날 무렵 세상을 떠난, 온전히 18세기의 인물이다. 그런 그가 남긴 삶의 지혜가 담긴 문장들은 지금까지도 동서고금의 일상에서 회자되고 있다. 무엇보다 현실에 근거한 고전의 가치와 온전성이 요청되는 21세기 오늘날에도, 어김없이 과거에 유용하고 아름다운 빛을 지게 될 것만 같은 예감이 든다.

거친 시간의 흐름 속에
변치 않는 음성

현대 미국 문학에서 독창적인 대표성을 갖고 있는 토머

스 핀천(1937~)의 소설 『바인랜드』(1990)도 1960년대와 1980년대 미국 현대사를 힘겹게 가로지르는 세대의 이야기를 다룬다. 주인공 프레네시와 남편 조이드, 딸 프레리는 사회적 은둔과 미로, 암흑과 여명의 맥락 안에서 과거와 현재의 의미를 되찾아간다. 1984년 현재를 살아가는 딸 프레리는 1960년대 미국의 과거를 대표하는 엄마 프레네시를 찾아 나선다. 결국 과거에서 자유로워지려면 영원의 고통과 상처, 찰나의 영광과 기쁨이 한데 어우러졌던 역사 속으로 들어가는 길밖에 없다. 영화 속에서 포레스트 검프는 이런 윤리적 입장을 "전진을 위해선 과거를 정리해야 한다. 그래서 나는 달렸다."라고 표현하기도 했다.

사실 영화 「포레스트 검프」를 보면서 한 가지 아쉬운 점은, 포레스트와 다른 측면에서 또 하나의 상징인 제니가 다음 세대와 더불어 상처와 고통의 과거를 토로하고 그것을 넘어서는 현실과 미래를 이야기할 기회를 얻지 못했다는 것이다. 물론 영화적으로 이 플롯은 전혀 다른 작품을 의미하기도 하고, 드라마의 어조를 조정해야 하는 일이기도 할 것이다. 아마도 이 영화에 애증을 가진 여러 사람들이 은연중에 안타깝게 여기는 지점 중 하나가 바로 이 부분이 아닐까, 감히 예상해 본다. 그것을 만회하기 위한 반작용에서 나왔는지 제니의 묘비명이 클로즈업되는 순간, 내 머릿속에서는 바로 핀천의 소설 『바인랜드』가 스쳤다. 포레스트와 제니는 둘 다 과거와 현재, 상처와 영광,

슬픔과 기쁨, 운명과 의지라는 키워드를 온몸으로 통과하는 역사 속의 담론적 공간이자 필터다. 만약 이 영화가 미처 나아가지 못한 지점이 있다면, 그 틈에서 소설 속 프레네시와 프레리를 만나 보는 것도 소중한 순간이 될 것이다. 감독 로버트 저매키스의 정수가 바로 과거와 현재, 미래를 넘나드는 「백 투 더 퓨처」(1985)에 있지 않은가.

　　앞서 언급했던 CNN의 브랜든 그릭스가 쓴 2014년 개봉 20주년 기념 리뷰의 제목은 흥미롭게도 "우리는 왜 포레스트 검프를 사랑했는가, 그리고 미워했는가?"다. 이것을 다르게 표현하면 우리가 살아가면서 흔히 내뱉는 이 정도의 말이 아닐까. "우리는 왜 지난 과거를 잊지 못할까, 그리고 지금 회상하면서 눈물 흘리기도 하고 미소 짓기도 하는 걸까?" 이렇게 수많은 감정들이 때로는 무심한 듯 흘러가고, 때로는 파도치듯 밀려오는 순간들. 그게 바로 우리의 과거였고 현재이며 미래가 될 것이다. 우리는 어제도, 오늘도, 내일도 변함없이 과거 속의 현재, 현재 속의 과거, 현재 속의 미래, 미래 속의 과거까지 살아가고 있다. 이 영화 속에서 가장 아름다운 대화는 바로 이 진리를 말해 준다. 죽음을 앞둔 제니와 담담하게 그녀를 바라보며 지난 모든 여정에서 상처와 아픔은 숨긴 채, 자연의 아름다움으로 대답을 대신하는 포레스트.

제니: 포레스트, 그곳 이국의 전쟁터에서 무서웠니?

포레스트: 그랬지. 흠, 잘 모르겠어. 그런데 비가 그치고 별이 보일 때도 있었거든. 그땐 좋았지. 강가에서 태양이 질 때도 비슷했어. 물 위에 수백만 개의 별들이 반짝이고, 산속의 호수가 너무 깨끗해 두 개의 하늘을 포갠 것 같을 때도, 사막에서 태양이 솟아오를 때도, 어디가 하늘 끝이고 땅인지 알 수 없는 그 광경이 너무 아름다웠어.

제니: 나도 함께 있었으면 좋았을걸.(I wish I could have been there with you.)

포레스트: 우리는 함께 있었어.(You were.)

거친 시간의 흐름에서도 변하지 않는 것이 있다. 오늘 이 영화로 가는 길을 열어 주었던 고 이윤기 선생은 같은 글에서 변치 않는 그 무엇을 일러 준다. 세월의 가훼(嘉卉) 속에서 메아리처럼 들려오는 그 음성. 결국 이것이 곧 사람의 삶이 아니던가. "변하지 않는 것은 '오래된 미래'이기도 하고 '장차 올 과거'이기도 하다. '예스터-모로(Yester-Morrow), 어제와 내일이 혼재하는 시제(時制)를 나는 살고 싶어 한다. 그렇게 살면서 어제와 내일의 이음매가 되고 싶어 한다.(『시간의 눈금』)"

달과 영혼을
사랑하는 여성을
찾아

컬러 퍼플
The Color Purple 475

"「문 라이트」 여러분, 무대로 올라오세요. 작품상 수상자
는 바로 여러분입니다. 진짜예요."

2017년 제89회 아카데미 시상식에서 작품상이 한순간에
뒤바뀌는 해프닝이 벌어졌다. 흥미롭게도 이 해프닝은 시상식
초반 사회를 맡았던 코미디언 지미 키멜이 던진 블랙 유머와 절
묘하게 조우했다. "올해 후보작들을 보면 백인이 재즈를 구하고
(「라라랜드」), 흑인이 나사(NASA)를 구했다.(「히든 피겨스」)"

세월을 조금 거슬러 올라가면 이런 역설이 쌉싸름한 현
실을 반영하는 경우가 실제로 있었다. 1986년 제58회 아카데미
시상식. 한 편의 영화가 무려 11개 부문 후보로 올랐다. 그런데
감독상 후보에는 아예 이름이 오르지 못했다. 더구나 놀랍게도

그 영화는 그날 단 하나의 트로피도 가져가지 못했다. 아카데미 사상 초유의 사건이었다. 과연 어떤 영화였기에 이런 눈물겨운 장면을 연출했을까? 바로 앨리스 워커 원작, 스티븐 스필버그 감독, 우피 골드버그 주연의 「컬러 퍼플」(1985)이었다. 참고로 그해 작품상 수상작은 메릴 스트립과 로버트 레드포드 주연의 「아웃 오브 아프리카」(1985)였다.

영화 「컬러 퍼플」은 흑인 여성 작가 최초로 퓰리처상을 받은 작품을 바탕으로 20세기 초반 미국 남부 애틀랜타에서 살아가는 한 흑인 여성의 삶을 다룬다. 주연과 조연의 99퍼센트가 흑인 배우로 채워졌고 더구나 주요 배역은 전부 여성이었다. 하물며 주인공 우피 골드버그는 당시 처음으로 큰 영화의 주인공을 맡은 신인 배우에 불과했다. 상대역으로 나온 대니 글로버와 조연으로 등장한 오프라 윈프리도 마찬가지였다. 이와 정반대로 「아웃 오브 아프리카」는 전 세계가 인정하는 '백인 여성' 배우 메릴 스트립과 '백인 남성' 배우 로버트 레드포드를 전면에 내세운 영화였다. 그 원작은 덴마크 출신 '백인 여성' 작가의 자서전으로, 공교롭게도 식민지 아프리카 케냐를 배경으로 백인 사업가가 등장했다. 마치 운명의 장난처럼, 혹은 누군가가 일부러 만든 것처럼 이렇게 전혀 다른 인물, 사건, 배경이 대응된 그날의 아카데미는 저마다의 기억 속에 씁쓸하게 남아 있을지도 모른다.

잃어버린
목소리를 찾아서

2004년, 영화평론가 로저 에버트는 「컬러 퍼플」을 회고
하며 쓴 리뷰에서 이렇게 말했다. "어떤 영화의 위대함은 완벽
함이나 논리가 아닌, 그 영화의 '심장(heart)'으로 결정된다는 사
실을 이해시켜 준 작품이었다." 그렇다. 그 심장의 한복판에 바
로 우피 골드버그가 열연한 주인공 셀리의 힘겨운 삶이 있다.
그 삶은 우리의 심장을 어루만지고, 우리가 속한 공동체의 심장
을 건드리고, 결국 우리가 쓰는 언어와 문화의 심장까지 파고
든다. 그래서 그 인물을 따라가는 길은 필연적으로 미국 흑인
의 역사, 그중에서 도저히 형용할 수 없는 흑인 여성의 역사를
반추하는 아픈 여정이 된다. 흥미롭게도 이 영화의 주연과 조연
의 절대다수는 흑인 여성들이며, 그 흑인 여성 배우들이 펼치는
연기를 통해서 흑인 여성의 삶이 고스란히 전달된다. 오랜 흑인
문화의 전통대로 서로의 아픔을 어루만지고 회복하는 주체도
다름 아닌 여성들이며, 그들의 공감과 협력을 통해 전체 공동체
의 상처를 치유하는 주인공도 바로 여성들이다.

특히 원작자 앨리스 워커와 소설 『컬러 퍼플』은 미국 흑
인 여성 문학의 계보 속에 자리매김하면서 선배 작가들의 전통
을 잇고 있다. 1937년 발간된 조라 닐 허스턴의 『그들의 눈은 신

을 쳐다보고 있었다』는 흑인 여성 문학 최초의 정전(正典)으로 인정받는다. 이 작품은 앨리스 워커 등 1970년대 흑인 여성주의 작가들에 의해 재조명되었다. 사실상 흑인 여성은 사회적으로는 가부장제와 차별적 법률에 의해, 인종적으로는 백인에게, 성적으로는 흑인 남성에게 억압당하는 삼중고를 겪어 왔다. 1993년 토니 모리슨이 흑인 여성 작가로 최초로 노벨 문학상을 받았을 때, 이를 정치적인 승리라고 깎아내린 사람들 중에는 일부 흑인 남성 지식인과 작가가 있었다.

공교롭게도 같은 해, 노벨 평화상 수상자는 남아공의 넬슨 만델라였다. 20세기 최후의 공식적인 아파르트헤이트(흑백인종차별) 정책을 펼친 백인 정권에게 철저하게 인권을 유린당하면서도 모든 사람의 세상을 꿈꾼 그에게 모두가 경의를 표했고, 1992년 마침내 풀려 나왔을 때 세상의 모든 남녀는 차별 없이 지지와 응원을 보냈다. 2013년 세상을 떠났을 때도 세상의 모든 남녀는 차별 없이 슬퍼하며 그를 애도했다. 그가 했던 수상 연설 중 "우리의 선구자들…… 용감하게 들고 일어난 수백만 명의 사람들…… 우리 모두, 모든 억압받는 이들……" 속에 진실로 우리 모두가 다 있음을 믿었기 때문이다.

이러한 쓸쓸한 현실들은 영화 속 1900년대 초반을 살아가는 앨버트가 아내 셀리를 노예나 하녀처럼 대하고 폭력을 일삼는 수많은 장면과 부딪힌다. 어린 셀리가 남편에게 가장 먼저 폭력을 당하는 장면. 앨버트는 그녀의 뺨을 때리며 "다시는 나한테 말대꾸하지 말라."고 윽박지른다. 사실 셀리는 영화 내내 남편의 이름도 알지 못한 채, 마치 노예가 주인을 부르듯 미스터(Mister)라고 부른다.(남편의 첫사랑 셔그가 나타나서야 비로소 그의 이름이 '앨버트'라는 사실을 알게 되는데, 그때 셀리가 짓는 희미하지만 '무구한' 미소를 놓치지 마시라.) 이렇듯 그녀는 스스로 "싸우는 법을 몰라. 나는 그저 살아갈 뿐이야."라고 말하며 순응하며 견뎌 왔다. 그러나 내면의 동반자인 셔그를 "악마 같은 여자"라고 비난하는 시아버지의 말에 혼잣말로 "남자들은 너무 자존심이 세거나 자유로운 여자들에 대해서는 나쁘게 말한다."고 응수한다. 이렇듯 흑인 남성들은 철저하게 흑인 여성의 자유로운 목소리를 침묵시키고자 했다. 그렇기에 허스턴부터 워커, 모리슨에 이르는 흑인 여성 작가들은 모든 삶의 시간과 공간 속에서 흑인 여성의 목소리를 되찾아 들려주기 위해 끈질기게 노력해 왔다. 무엇보다 그 과정에서 흑인 여성들은 친구, 가족, 공동체와 공감하고 대화함으로써 그 목소리를 확산시키고자 했다. 그리고 마침내 그들의 목소리 속에 '자유'와 '말하기 언어'를 심어 주고 더 나아가 스스로 글을 쓰는 주체로 발전되는 모습을 그려 냈다.

　　이 영화에서 가장 극적인 장면은 바로 이런 노력의 산물이다. 먼저, 서로 헤어질 수밖에 없는 상황을 예측한 셀리와 네티는 멀리 있어도 편지를 쓰자고 약속한다. 그래서 학교에 다니지 않아 글을 모르던 언니에게 동생은 눈에 보이는 사물마다 글자를 붙여 놓고 글을 가르쳐 준다. 이렇게 글자를 익히던 셀리가 가장 먼저 읽은 책은 찰스 디킨스의 『올리버 트위스트』였다. 그다음, 마침내 30여 년 만에 네티에게서 온 편지를 받고 셀리와 셔그가 함께 소리 내어 읽는 장면이 나온다. 그 오랜 세월, 말할 수 없어 침묵당하고 울었던 셀리의 목소리가 아프리카에서 온 네티의 편지를 읽는 순간 생애 처음으로 가장 크고 선명하게 울린다. 이 울림 속에 셀리의 변화에 가장 큰 조력자였던 셔그의 목소리가 함께 어우러진다는 것은, 큰 틀에서 흑인 여성들의 목소리가 사랑과 연대를 이루고 있음을 상징한다. 특히나 여기에서 셔그가 흑인의 음률을 노래하는 재즈 가수라는 사실은 목소리가 갖고 있는 존엄한 주체성, 끈질긴 힘, 그리고 마르지 않는 사랑을 암시한다. 영화의 마지막, 하포의 클럽에서 재즈를 부르던 흑인 공동체는 셔그를 필두로 건너편 교회에서 시작된 찬송가를 함께 따라 부르며 서로 하나가 된다. 이렇듯 수많은 역사의 현장에서, 일상에서, 소설 속에서, 시 속에서, 영화 속에서 흑인 여성들은 서로의 목소리를 결합하여 그들이 처한 딜레마를 적극적으로 변형시켜, 마침내 전체 공동체의 치유를 이루곤 했다.

추상적 진실이
현실의 제도가 되기까지

2016년 8월 4일, 버락 오바마 대통령은 《글래머》지에 여성주의를 주제로 아름다운 기고문을 실었다. 그 글에서 그는 자신의 삶과 정치 역정에서 존경하는 영웅으로 아내 미셸과 더불어 두 명의 흑인 여성 셜리 치솜(1924~2005)과 해리엇 터브먼(1820~1913)을 언급했다. 셜리 치솜은 미국 최초의 흑인 여성 상원의원이자, 1972년 미국 대통령 선거에서 민주당 경선에 출마한 최초의 흑인 여성이다. 이때 민주당 최종 후보는 리처드 닉슨이었다. 해리엇 터브먼은 남북 전쟁 당시 활동한 노예해방인권 운동가이자 참정권 운동에 참여했던 인물이다.

데이비드 호킨스는 『진실 대 거짓』의 유명 인사 의식 수준 도표에서 셜리 치솜은 이성과 이해의 수준인 400으로, 해리엇 터브먼은 조화로운 수용의 수준인 350으로 제시했다. 오바마 행정부 시절, 2016년 해리엇 터브먼은 2020년부터 미국 20달러 지폐에 새롭게 새겨질 인물로 선정되었다. 그러나 정작 2020년이 되어도 아무런 소식이 없더니 마침내 6월에 미국 재무부는 터브먼이 들어간 20달러 지폐 발행을 늦으면 2030년까지도 연기할 것이라고 발표했다. 미국 내 이런저런 정치 사회적 이유와 맞물린 상황인데, 원래 계획대로라면 터브먼은 미국 역사상 지폐에 등장하는 최초의 흑인이자, 여성으로서는 100여 년 만에 처음 등장하는 주인공이었다.

　　미국을 포함해 전 세계 참정권의 역사에서 여성은 절대 약자였다. 1870년 노예해방과 더불어 미국 흑인 남성들은 수정 헌법 15조를 통해 참정권을 얻었다. 그러나 흑백의 모든 여성들은 그로부터 50년이 지난 후, 1920년 수정헌법 19조를 통해 그 권리를 얻을 수 있었다. 또한 거짓말같이 들리겠지만, 프랑스는 프랑스 혁명 이후 지속된 개혁의 결과로 1848년 남성들에게 참정권을 부여했으나 여성들은 그로부터 무려 100년이 지난 1946년이 되어서야 헌법상 참정권을 갖게 되었다. 앞서 해리엇 터브먼이 20달러 지폐에 새겨질 새로운 인물로 선정된 것은 바로 미국 여성참정권 100주년이 되는 2020년에 20달러 지폐에 여성 초상화를 넣자는 'Women on 20's'라는 캠페인의 결과였다.

　　이런 명백한 역사적 사실이 어떤 면에서 우리 세대를 무기력하게 만들기도 하지만, 기실 이 여정을 거치면서 사회적 진화를 이루어 온 것도 우리의 엄연한 역사이기도 하다. 그 역사의 내면에는 부인할 수 없는 인류 보편의 가치가 도도히 흐르고 있음을 알기 때문이다. 그것은 바로 데이비스 호킨스가 『현대인의 의식 지도』에서도 밝혔듯이 "모든 인간이 신성한 근원의 힘으로 평등하게 창조되었다는 말은 높은 수준의 추상적 진실이다. …… 만약 인권이 인간 창조를 맡은 신성의 결과라면, 인권은 천부적인 것이며 불가침의 영역"이라는 가치다.

흑인 여성을 포함해 여성 인권의 역사에서 중요한 지표인 참정권의 역사는 그야말로 가시밭길이었지만, 그 길 위에서 세상을 밝히는 노력은 결코 끊이지 않았다. 이를테면 지난 미대선에서 민주당의 힐러리 클린턴은 미국 건국 이후, 역사상 미국 주요 정당의 대통령 후보가 된 첫 번째 여성이었다. 그 의미를 인지한 수많은 여성들은 투표를 마친 후, 미국 여성 참정권 운동의 대모인 수잔 B. 앤서니(1820~1906)의 묘에 찾아가 "내가 투표했어요(I Voted)."라고 적힌 스티커를 붙이는 장면을 연출하기도 했다. 그리고 마침내 미국은 이번 대선에서 사상 최초로 흑인이자 아시아계 뿌리를 가진 여성 카멀라 해리스를 부통령으로 선출했다. 극적으로 치러진 취임식 자리에 해리스와 미셸 오바마, 힐러리 클린턴 등 여성 대표 정치인들은 여성 참정권 역사의 상징과도 같은 보랏빛과 자줏빛 정장을 차려입음으로써 앞선 선배들에게 경의를 표하며 그야말로 '컬러 퍼플(color purple)'의 진정성을 만방에 알렸다. 공교롭게도 가장 어려운 시국에 이루어진 이 정치적 사건은 1920년 시작된 미국 여성 투표권 100년을 기념할 만한 역사적 성취로 평가받을 수 있다. 무엇보다 앞으로의 100년은 과거와 다르게 채워질 것이라는 강렬한 희망의 신호로 받아들여도 좋을 것 같다.

만물은 그 존재만으로
본질의 완벽한 표현이자 완성

영화 속, 셀리가 이제 떠나겠다며 강한 어조로 앨버트를 비판하고 목소리를 높이자 앨버트는 이렇게 반응했다. "대체 너 한테 뭐가 있다고? 네가 뭐라고 떠나겠다는 거지?" 영화 「컬러 퍼플」에서는 다큐멘터리처럼 시간 배경을 제시한다. 이 장면이 나오던 때가 1930년대 중반이었다. 셀리가 14살이었던 1909년부터 시작되어 1930년대 후반까지 전개되는 이 영화의 맥락 속에서 과연 흑인 여성은 대체 무엇이 있어, 무엇으로 살아가고, 무엇으로 살아남았을까?

미국 흑인의 역사를 조금만 거슬러 올라가면, 영화 속 셀리가 살아갔던 그 전후 시절이 얼마나 참담했는지 짐작할 수 있다. 가령, 일명 '몽고메리 버스 보이콧'(1955)으로 알려진 흑인 여성 로자 파크스를 들어 보았을 것이다. 앨라배마주에서는 1955년까지 흑인과 백인의 버스 승차 분리가 도시 법령으로 정해져 있었다. 로자 파크스(1913~2005)는 흑인 지정석에 앉았지만 백인에게 자리를 양보하지 않았다는 이유로 붙잡혔고, 이 사건을 계기로 마틴 루터 킹 등이 버스 보이콧을 주도했다. 이에 힘입어 대법원은 이듬해 흑백분리 금지를 공표했다. 또 영화 「히든 피겨스」(2016)의 흑인 여성 전문가들이 자신의 권리를 찾기 위해 애쓰던 때가 지금으로부터 불과 50~60년 전인 1960년대였다. 하물며 2016년 미국 대선 직후, 미국의 퍼스트레이디이자 변호사 출신의 미셸 오바마조차 일부 몰지각한 백인에게, 그것도 여성에게 "하이힐 신은 원숭이"라는 매우 저급한 인종차별적 조롱을 받아야 했다. 세상에, 21세기 이 시점에!

데이비드 호킨스가 『진실 대 거짓』에서 지적한 대로 "문명이 진보하면서, 가치 있는 기술은 덜 육체적이고 보다 정신적이거나 창조적으로 되고, 양성의 사회적 지위는 점차 평등에 가까워진다. …… 현대 세계에서는 의식 진화에 더해 교육과 지성이 결정적 요인이다." 하지만 오랜 인류의 역사에서 지속되고 있는 이런 사회적 불평등과 차별은 역설적으로 인간에게 당위적인 하나의 사실을 돌아오지 않는 메아리처럼 들려준다. 호킨스는 『현대인의 의식 지도』에서 그 메아리를 다음과 같이 기술했다.

"만물은 그저 저마다의 독자적 정체성으로 존재하는 것이다. 즉 그것에 관한 어떠한 의미나 묘사도 그저 외부에서 덧붙여진 투사에 불과하다. 그 투사된 내용을 제거하면 세상은 진화와 창조의 본질로서 신성의 빛을 드러낸다. …… 만물은 오로지 그 존재만으로 본질의 완벽한 표현이자 완성이 된다."

「컬러 퍼플」의 마지막 장면에서 함께 부르는 찬송가의 제목은 「신은 뭔가 말씀을 하려고 하신다」이다. 어쩌면 셀리가 늘 바라보고 부르던 하느님의 말씀은 바로 저것이 아니었을까.

여성의 삶, 언어,
그리고 영성

토니 모리슨은 노벨상 수상작 『빌러비드』의 서두에서 "육천만 명과 그보다 더 많은 사람들"에게 작품을 헌정했다. 흑인 역사 속 수많은 셀리와 네티, 셔그와 소피아, 그리고 그들의 조상들에게 당신들을 기억하고 잊지 않겠다는 뜻이었다. 그리고 그 방법은 흑인 여성의 목소리로 역사를 다시 들려주는 것이었다.

그 방법을 가장 역설했던 작가가 바로 앨리스 워커였다. 2004년 방한하기도 했던 앨리스 워커는 "강렬한 열정으로 가득 찬 우머니스트(womanist)는 자신과 공동체를 사랑하고 음악과 춤, 달과 영혼을 사랑하는 여성"이라고 주장했다. 어린 셀리와 네티가 환한 웃음으로 뛰어다니던 그 보랏빛 혹은 자줏빛 꽃 벌판을, 이제 중년이 된 셀리가 네티 대신 셔그와 함께 거닐며 나누는 대화. 그 속에서 우리는 "달과 영혼을 사랑하는 여성"들의 자명한 아름다움을 찾을 수 있다.

> 셔그: 신은 좋은 걸 나누고 싶어 하셔. 이렇게 예쁜 꽃 옆을 지나가면서 그 사실을 알아채지 못한다면 아마 신은 화를 내실걸.
> 셀리: 성경에 나온 것처럼 그것도 사랑받고 싶어 한다는 거야?
> 셔그: 그럼. 모든 것은 사랑받고 싶어 하지. 우리가 노래하고 춤추고 불평하는 것도 다 사랑받으려고 그러는 거야. 저 나무들을 봐. 걸을 수 없다 뿐이지 사랑받으려고 애쓰고 있잖아.

세월이 훨씬 지나서야 네티의 편지를 읽으며 아프리카의 삶과 일상을 교차하는 셀리. 그리고 마침내 아프리카에서 날아온 동생 네티와 재회하고, 아들 아담과 딸 올리비아를 만나는 마지막 장면. 문득 남아공의 상징이자 케냐의 국화인 자카란다 꽃이 떠올랐다. 그곳에서 봄날이 깊어지면 눈부신 보랏빛으로 피어난다는 자카란다의 꽃말은 바로 그리움과 향수! 그 오랜 세월, 상처와 고통으로 붉게 멍든 보랏빛 아픔을 다 이겨 내고 셀리는 자신을 회복하고 가장 사랑하는 사람들까지 되찾았다. 어쩌면 그 모진 세월 동안 셀리에게 가장 큰 고통은 그리움이지 않았을까.

흑인 여성의 참혹한 역사는 그들에게서 가장 귀한 것을 빼앗아가 되돌려 주지 않는 잔인함을 저질렀다. 앨리스 워커와 수많은 흑인 여성 작가들은 그들이 빼앗긴 세월을 피눈물 같은 글과 노래로 남겼다. 그래야만 계속 살아갈 수 있었기 때문이다. 이를 반영하듯, "앨리스 워커의 여성주의와 영화 「컬러 퍼플」은 어머니, 할머니, 먼 아프리카의 조상들로 이어지는 흑인 여성들의 억압의 역사, 가장 차별받고 아무것도 가질 수 없었지만 끈질긴 생명력과 창조적 예술성을 결코 잃지 않았던 여성들의 삶과 언어와 영성을 담은 이야기"(조민아)라고 평가받는다.

앨리스 워커는 『어머니의 정원을 찾아서』에서 어머니가 힘겨운 노동을 하고 가난한 삶 속에서도 마치 "마법"을 부리듯 "예술"의 손길로 마당에 꽃을 심어 가꾸는 모습을 지켜보았다고 말한다. 그리고 "그런 어머니의 정원을 거닐고 살피면서 아름다움을 사랑하고 강인함을 존경하는 생생한 유산에 이끌려 마침내 나만의 정원도 찾았다."고 밝힌다. 감히 말하건대, 또 다른 차원에서 어쩌면 그 유산은 20세기 백인 주류 사회의 작가 버지니아 울프가 여성이 글을 쓰기 위해서 필요하다고 했던 '자기만의 방'과 '3기니'보다 훨씬 더 강하고 아름다운 양분이었을 것이다.

이제, 보이나요?

시티 라이트
City Lights 355

광화문 지하철역 1번 출구로 나오는 계단 끝 무렵, 벌써부터 여기저기 은행잎이 떨어져 있다. 그 작은 잎의 절반쯤은 황갈색으로 변한 채 무심히 사람들의 발길에 차인다. 낙엽인가, 가만히 나무 위를 올려다보니 이런 생각이 스친다. 어쩌면 저 잎들이 한여름의 열기를 줄곧 견뎌 오다가 어느새 아침저녁으로 다가오는 바람결에 그만 마음을 놓아 버린 건 아닐까. 오늘 밤이 지나면 이 도시에는 또 얼마나 많은 잎들이 우수수 떨어져 이 여름을 하직할 것인가.

그 햇빛 없는 시간들 너머, 흑백 스크린 위로 말없이 흐르던 찰리 채플린의 영화 「시티 라이트」(1931)가 문득 내 머릿속에 불을 켠다. 1931년 2월 7일, 이 영화가 맨 처음 세상에 나왔을 때,

그날 밤 LA의 그 극장에는 한바탕 웃음과 한줄기 눈물이 함께 어우러졌다. 《뉴욕 타임스》의 모던트 홀은 "오랫동안 기다려 왔던 웃음과 페이소스의 대가 채플린의 새 영화 「시티 라이트」는 의자가 흔들릴 정도의 유쾌한 웃음과 말을 잇지 못할 정도의 한숨과 눈물이 있다."고 전했다. 《뉴욕 데일리 뉴스》의 아이린 서러는 "영화를 보고 너무 많이 웃고 너무 마음이 아파서 우리 모두는 진이 다 빠져 버렸다. 이 가슴 미어지는 명작은 정말 웃기고 재미있으며, 너무 슬프고 아프다. 여러분이 상상할 수 있는 최고의 시간이 되겠지만 정녕 때때로 목이 메는 건 어쩔 수가 없다."고 매우 솔직한 평가를 들려준다. 그로부터 반세기가 흘러 20세기 말의 비평가 로저 에버트는 "찰리 채플린의 영화 중에서 오직 한 편만 보존할 수 있다면 「시티 라이트」라고 단언했으며, 개리 기든스는 한 걸음 더 나아가 "영화사상, 아니 서구 문명사상 불멸의 명작으로 개봉 이후 끊임없이 모방되고 있다는 점에서 알파요, 그 어느 것도 원작을 능가하지 못했다는 점에서 오메가"라고 평가했다.

1931년 그 까마득한 시절, 이 영화가 처음 선보였던 자리에 함께했던 비평가 두 사람의 이야기는 그만큼 낯설고도 소중하다. 개봉 당시의 생생하고 솔직한 리뷰를 통해 채플린과 영화의 마른 잎들은 촉촉한 물기를 머금고서 거의 90년 세월을 거슬러 메숲진 풍경처럼 내 앞에 나타났다. 실은 1931년 2월 7일이라고 박힌 《뉴욕 타임스》 리뷰를 노트북 화면에 띄워 놓고 한참을 멍하니 바라보고만 있었다. 나의 기억과 기록에 없는 날짜. 그 날의 역사가 시간과 공간을 뛰어넘어 바로 눈앞에서 깜빡였다. 「시티 라이트」를 기억하고 기록하는 나의 손과 눈. 「시티 라이트」 영상과 함께 그 리뷰를 찾아 읽어 가는 과정 속에서 시나브로 나는 채플린과 이어지고 그의 영화와 연결되었다.

어둑해진 사직동 거리를 걸으며 귀가하는 길, 낮에 보았던 그 마른 잎과 나무 앞에 서니 영화의 잔상이 마치 비문증(飛蚊症) 환자의 그것처럼 마구 날아오며 눈앞을 지나간다. 눈앞이 캄캄해지고서야 비로소 이 영화에 눈뜰 수 있게 되다니! 「시티 라이트」의 페이소스와 로맨스는 이미 내 마음의 여름과 가을을 꿰뚫는다.

들리지 않아도, 보이지 않아도
알 수 있는 것

외롭고 기댈 곳 없는 떠돌이 남자와 눈멀고 가난한 여자. 어떤 기대도 없고, 미래도 없을 것 같은 이 스토리 속에서 채플린은 모두의 기대와 예상을 뒤엎는 플롯을 구사한다. 물론 선의의 오해를 일으키고 그 소동을 기꺼이 감수하는 과정은 고대 그리스 희극부터 셰익스피어 희극에서도 자주 사용되는 고전적 기법이다. 보이지 않는 장치는 마음의 눈이 더 크게 작용할 수 있는 장점과 위험을 동시에 갖고 있다. 모던트 홀은 「시티 라이트」가 보여 주는 예술성을 존경할 만한 것이라고 평가하면서, "여러 시퀀스에서 예상 밖의 전환과 이야기 전개를 하고 있는 채플린을 보면, 여러 가지 면에서 그 어떤 단편 작가도 예상하지 못한 스토리를 만들어 낸 소설가 오 헨리(O. Henry)를 연상시킨다. 채플린은 스크린의 오 헨리라고 할 만하다."고 지적했다.

눈먼 여자는 떠돌이 남자에게 "돈이 많은 것보다 뭔가 더 중요한 게 있어요."라고 느낄 수 있는 내면의 선함이 있다. 관객은 그 선함에 안도하며, 마지막 장면에서 여자가 눈을 떴을 때도 여전히 그 선함을 선보이는 순간 다시 한번 안도한다. 이는 힘겹고 어려운 시절이지만 여전히 인간의 선함을 믿었던 스스로에 대한 안도이자, 그런 장면으로써 세상과 사람의 선함을 증거해 준 영화에 대한 신뢰이기도 하다. 채플린의 페르소나, 떠돌이 그 남자는 바로 힘겨운 우리의 자화상이기 때문이다. 대공황과 전쟁으로 지친 미국의 그 시절에도, 사회적 거리 유지가 가장 큰일이 되어 버린 21세기 지금 우리 시절에도 한결같이 그 감성은 공유된다. 채플린과 「시티 라이트」의 위대함은 바로 여기에 있다. 소리 없이 모든 것을 말해 주고 들려주고 전해 주는 이 무성 영화는 오롯이 나를 토닥이는 나만의 공간이자 세상이 될 수 있다. 오 헨리의 단편에 나오는 노(老) 화가 베어먼이 폐렴으로 죽어 가는 존시를 위해 밤새 비바람을 맞으며 마지막 잎새를 그려 준 것처럼, 「시티 라이트」는 세상 모든 이들이 쉬어 갈 수 있는 마음의 잎새를 새겨 준다. 데이비드 호킨스는 『나의 눈』에서 이 감성을 이렇게 설명하고 있다.

> "사랑하는 것은 세상과 관계를 맺는 한 방식입니다. 그것은 보잘것없어 보이지만 강력한 방식으로 스스로를 표현하는 너그럽고 따뜻한 태도입니다. 그것은 타인들에게 행복한 마음을 안겨 주고 그들의 하루를 밝게 해 주며 그들의 짐을 덜어 주고자 하는 바람입니다. …… '마음을 써 주는 것'은 사랑을 표현하고 확장하는 것을 지향하는 넓게 트인 길입니다. 사람들은 사랑이 얻을 만한 가치가 있는 것이기는 하나 그것을 찾을 수 없다고 말합니다. …… 사랑은 사실상 어디에나 존재하며 필요한 것은 그런 사실을 깨닫는 것뿐입니다."

만약 이런 일련의 상황이 오늘날 영화처럼 "더 크고, 더 소란하고, 더 잘난" 수많은 대사와 독백과 방백으로 처리되었다면 어떠했을까? 비평가 제임스 버라디넬리의 지적처럼 "채플린이 무성 영화에 대한 고집을 피우지 않고 발 빠르게 유성 영화로 넘어갔었다면 이 명작은 탄생하지 못했을 것이다." 아이린 서러는 리뷰의 말미에서 자신 있게 말한다. "어젯밤 개봉 현장에서 유성 영화의 대사가 전혀 그립지 않았고 사실 생각조차 나지 않았다." 그리고 마지막으로 약속한다. "여러분은 「시티 라이트」를 사랑하게 될 것이다."

눈먼 여자가 다름 아닌 꽃을 파는 사람이었다는 사실도 절묘하다. 보기에 아름다운 꽃이지만 여자는 볼 수 없다. 집세 낼 돈도 없는 여자와 할머니는 혹여 팔리지 않을 경우에 먹을 수 있고 마실 수 있는 빵이나 우유가 아니라, 그저 눈에 보기 좋고 향기로운 꽃을 팔아 생계를 유지한다. 이는 백만장자와 그의 지인들이 매일 가득 찬 술잔과 접시를 게임처럼 즐기면서 시간을 오염시키고 공간을 낭비하는 것과 대조된다. 마지막 장면에서, 여자가 꽃 한 송이와 동전 한 닢을 들고나왔을 때도 당연히 떠돌이는 꽃을 택한다.

이 영화에서 꽃은 그저 하나의 소품이 아니라 소리 없는 영화에서 마음의 소리를 전하고, 향기 없는 길거리에서 마음의 향기를 전하는 매개가 된다. 떠돌이 남자는 백만장자를 도와주면서 물에 여러 번 빠지는 소동 중에도 그녀에게 받은 꽃을 잊지 않고 챙겨 간다. 채플린의 떠돌이 캐릭터를 완성시키는 것은 그의 외모나 우스꽝스러운 마임이 아니라, 꽃 한 송이에 마음의 따스함을 새기는 인간다움에 있다. 데이비드 호킨스가 『나의 눈』에서 말한, 이런 꽃을 포함한 식물은 자연의 완벽함과 아름다움을 타고난 존재로서 그것이 본래 품고 있는 존중과 찬미라는 가치를 우리 인간에게 되돌려 준다는 설명이 이제야 환하게 이해된다.

침묵을
열망하는 음악처럼

1972년은 찰리 채플린에게 영광스러운 순간이었다. 그해 4월에는 20년 만에 미국으로 돌아와 아카데미 시상식에서 공로상을 받았다. 백발의 예술가는 아이처럼 감격하며 "감사합니다."라고 인사를 했다. 지팡이와 모자를 건네받은 그의 얼굴에는 「시티 라이트」의 마지막 장면에서 복잡한 심경으로 웃고 있는 떠돌이 남자의 얼굴이 스쳤다. 비평가 제임스 에이지는 그 엔딩을 가리켜 "영화사상 가장 위대한 연기 장면이자 최고의 순간"이라고 했으며, 개리 기드슨은 그 엔딩에서 "떠돌이 캐릭터는 비로소 완성되었다."고 했다. 채플린 스스로도 나이가 들면서 더욱더 그 마지막 장면을 사랑하게 된 것 같다.

"그 장면에서 나는 연기를 하고 있는 게 아니었어. 나 자신에게서 빠져나와 우두커니 바라보았지, 너무 미안해하면서 말이야. 정말 아름다운 장면이었어. 연기하지 않았기 때문에 아름다운 거지."

1972년 8월에는 베네치아 영화제에서 특별공로상을 받았다. 로저 에버트는 그해 여름밤, 산마르코 광장에서 대형 스크린을 통해 「시티 라이트」가 상영되던 추억을 들려준다. "마지막 장면, 꽃집 여인이 떠돌이 남자를 알아보자 여기저기서 훌쩍거리는 소리가 났다. 그날 그 자리, 모든 이의 눈가는 촉촉이 젖어 있었다. 이내 어둠이 완전히 깔리고, 스포트라이트 불빛이 광장을 굽어보는 발코니 쪽을 비추었다. 그러자 찰리 채플린이 걸어 나와 고개 숙여 인사를 했다. 그때 그렇게 우렁찬 함성은 그 전에도, 그 후에도 들어본 적이 없다."

「시티 라이트」에는 약간의 음악과 음향효과가 입혀져 있다. 한데 그것은 소리 없음을 강조하는 또 하나의 움직임일 뿐이다. 채플린은 여러 작품에서 직접 작곡을 했으며, 1973년엔 뒤늦게 20년 만에 미국에서 개봉한 「라임라이트」로 아카데미 영화음악상을 받기도 했다.(이날 대리 수상자는 배우 캔디스 버겐이었다.) 무성 영화 시대의 영웅이 유성 영화 시대를 준비하면서 가장 먼저 시작한 것이 바로 음악이었다. 나는 이 역설적 행보에 대한 대답으로, 너무도 당연한 듯이 줄리언 반스의 단편 「침묵」에 나오는 이 구절을 떠올린다.

"음악이 문학이라면 그것은 나쁜 문학이다. 음악은 단어
가 끝나는 지점에서 시작한다. 그렇다면 음악이 끝나는
지점에서는 무엇이 시작될까? 바로 침묵이다. 그 밖의
모든 예술은 음악적 상태를 열망한다. 그럼, 음악은 무엇
을 열망할까? 바로 침묵이다."

「시티 라이트」가 들려준 이 불후의 열망은, 결정적 순간
에 닿을 때마다 우리에게 '마지막 잎새'가 되어 줄 것임을 일깨
우는 가장 강렬한 대사인 셈이다. 메리엄 웹스터 사전에 따르
면, 예술가를 일컫는 영어 단어 'artist'는 1507년 처음으로 사전
에 등재되었다. 「시티 라이트」는 이 단어의 고색창연한 역사가
응축된 결정적 한순간을 모두에게 선사한다. 그렇다면, 아직 우
리 아름다움의 여름은 끝나지 않았다.

"당신인가요?(You?)" ― 당신인가요?
"이제 보여요?(You can see now?)" ― 이제 들려요?
"네, 이제 볼 수 있어요.(Yes, I can see now.)" ― 네, 이제 들
을 수 있어요.

2부

불멸의 시 속에서
시간과 나란히 걸어갈 때에

When in eternal lines to Time thou grow'st
— William Shakespeare, Sonnet 18 'Shall I compare thee summer's day'

그대의 영혼을 보려거든 예술을 만나라!

햄릿
Hamlet 405

최근 중국 본토의 작은 도시를 출발하여 영국 런던에 도착한 화물 열차 소식을 들었다. 그 열차는 새해 1월 1일에 출발해 총 1만 2,000킬로미터가 넘는 육로를 18일간 달렸고, 그 여정 중에 러시아, 폴란드, 독일, 벨기에, 프랑스 등을 거쳤다. 당연히 이 소식은 국제 경제면에 실렸다. 그것은 중국이 과거 육상 실크로드를 재현하려는 경제적 포부를 만방에 과시했다는 배경을 깔고 있는 움직임이었다. 그런데 그런 배경을 염두에 두지 않는다면, 그 소식은 마치 일시에 시간과 공간을 허무는 초월적 호연지기를 강렬하게 뿜어내는 한 편의 연극 무대와 같았다.

그 기찻길의 시작과 끝에서 문득 11세기 중국 북송의 대시인 소동파(1037~1101)와 16세기 영국의 대문호 셰익스피어

(1564~1616)가 조우하는 환상이 펼쳐진다. 소동파의 『적벽부』가 "강가에서 술을 걸러 마시며 창을 비껴들고 시를 읊었으니, 참으로 일세의 영웅이었는데 지금은 어디에 있는가?"라고 개탄한다. 그러자 셰익스피어의 『햄릿』이 "저 해골에도 혀가 있었고 한때는 노래도 했을 텐데. …… 알렉산더 대왕의 존엄한 유해라고 해도 나중에는 한 줌 흙으로, 지금쯤은 아마 술 단지 마개가 되었을지도 모르는 일일세."라고 응답한다. 이에 소동파와 셰익스피어 사이의 500년 간격이 한순간 사라지고, 소동파와 나와의 1,000년 세월이 무색해지고, 셰익스피어와 나 사이 400년 시간의 차이가 꿈처럼 아련해진다. 아, 이 공간의 역사학을 가능하게 만든 것은 대체 무엇일까? 이 아름답고 자유로운 상상의 날개를 달아 준 것은 도대체 무엇일까? 바로 시와 극, 문학과 영화, 예술이다.

예술은 현실을
비추는 거울

『햄릿』은 극작가 셰익스피어의 면모가 가장 잘 드러나는 작품이다. 다시 말해, 주인공 햄릿은 윌리엄 셰익스피어라는 극작가가 마음에 품었던 삶과 예술에 대한 생각을 가장 생생하게 전달한다. 햄릿은 삶과 예술에 대한 열정을 주체하지 못하는 인간으로, 어느 순간엔 빛나는 통찰로 관객과 독자의 가슴을 뛰게 하고, 또 어느 순간엔 나약한 자의식으로 관객과 독자의 심장을 허물어뜨린다.

로렌스 올리비에가 연출과 각색, 주연까지 맡은 1948년 「햄릿」에서 그와 같은 복잡 미묘한 햄릿은 생생하게 되살아난다. 이 영화는 그해 아카데미 작품상과 남우주연상, 그리고 베니스 영화제 황금사자상을 수상했다. 개봉 당시 《뉴욕 데일리 뉴스》 리뷰에서 케이트 카메론은 "로렌스 올리비에는 셰익스피어 원작을 가장 완벽하게 해석함"으로써 영화사상 "전무후무한 햄릿(THE Hamlet)"으로 남게 될 것이라고 상찬했다. 특히 이 작품에서는 널리 알려진 격정의 독백 장면이 탁 트인 야외 공간에서 제시되고, 곧바로 부왕의 암살을 극화하기 위해 배우들과 벌이는 연극 연습 장면으로 이어진다. 오필리어와 힘겨운 대화를 끝내고 퇴장한 햄릿. 카메라는 계단 아래에서 울부짖는 오필리어로부터 점점 멀어지며, 거친 파도가 일렁이는 바닷가 절벽에 선 햄릿에게 접근한다.

"사느냐 죽느냐, 그것이 문제로다.
가혹한 운명의 돌팔매와 화살을
마음속으로 참아 내는 것이 더 고귀한가?

아니면 거친 파도에 맞서 싸우는 것이 더 고귀한가?

……죽는다는 건, 잠드는 것.

단지 그뿐.

……잠이 들면 어쩌면 꿈을 꾸겠지?

아, 그것이 문제로군.

……세상의 채찍과 멸시, 권력자의 횡포,

……누가 이따위들을 참겠는가?

만일 단도 하나만으로 스스로

자신을 잠재울 수 있다면

……죽음 후에 있을 그 무엇에 대한 두려움

지금껏 아무도 되돌아오지 못하는

그 미지의 나라가 의지를 흔들어

……사색의 창백한 색깔에 덮여 빛을 잃고…….”

이 독백을 하면서 햄릿은 단도를 파도 속에 떨어뜨리고 결국 절망한 얼굴로 안개 속으로 사라진다. 그런데 바로 다음 장면에서 연극배우들 도착 소식에 화색이 돌아오고 “배우들은 시대의 척도이자 **짧은 연대기**라고 할 수 있으니” 융숭하게 대접하라고 지시한다. 그리고 다음 날 부왕의 암살을 상징하는 연극 연습을 하면서 배우들에게 자연스러운 대사 처리와 연기를 주문하며 이렇게 역설한다. “예나 지금이나 연극의 목적은 거울을 들어 자연을 비추는 일, 그러니까 선은 선의 모습 그대로, 악은 악의 모습 그대로 비춰서 그 시대 그 시절의 양상을 고스란히 드러내는 일일세."

인간과 세상을
밝히는 영화

이에 호응하듯 데이비드 호킨스는 『진실 대 거짓』에서 "예술가는 예술적 노력을 통해 삶의 어느 측면을 강조할 것인지를 선택해야 하고, 그래서 (영화와 같은) 대중의 미디어는 사회적 관습과 신념체계에 커다란 영향을 미친다."고 말했다. 이런 맥락에서 햄릿은 스스로 삶과 예술의 외줄 위로 뛰어올라, 한 인간이자 예술가로서 무엇을 말하고, 무엇을 보여 줄지 선명하게 제시한다.

호킨스는 영화 「햄릿」의 의식 측정 지수를 405로 제시한다. 그 많은 작품 중에서 어찌하여 「햄릿」일까? 그 대답은 셰익스피어 이후, 최고의 극작가로 찬사를 한몸에 받는 조지 버나드 쇼(1856~1950)에게서 찾을 수 있다. "햄릿의 열정은 철학과 시와 미술을 창조해 내는, 그리고 세상을 다스리는 원리를 만들어 낸 바로 그것이기 때문이다."(《가디언》) 호킨스가 밝힌 버나드 쇼의 의식 측정 지수는 '의미 있는' '이성'과 '이해'의 수준인 400이다. 한편 셰익스피어는 그보다 훨씬 높은 의식 측정 지수 500으로 나온다. 이 측정치는 한 개인으로서의 셰익스피어가 아니라 앞서 호킨스가 언급한 대로 "예술적 노력을 통해" 삶과 세상을 직시했던 "예술가"로서 셰익스피어의 창조적 실천에 해당되는 것이다. 의식 측정 지수 500은 호킨스의 의식 지도에 의하면 무려 '사랑'과 '경외'의 수준에 해당한다.

데이비드 호킨스의 전작을 살펴보던 중에 여러 영화의 의식 측정 지수를 밝히고 있는 『진실 대 거짓』을 발견했을 때 적지 않게 놀랐다. 그는 문학뿐 아니라 영화도 진실과 온전성을 추구하는 주제를 담고 있음을 적시하면서, 인간과 세상을 밝히는 하나의 예술로서 영화를 정의한다.

"예술의 한 형태로서의 영화는 연기, 춤, 음악, 영화 촬영술, 드라마에 더하여 최고의 재능들을 이용하는 창조적 공학과 과학기술을 포함한다는 측면에서 타의 추종을 불허한다."

앞서 언급했던 영화 비평가 케이트 카메론은 로렌스 올리비에의 「햄릿」을 보면서 "어쩌면 셰익스피어의 『햄릿』이 연극(stage)보다 영화(screen)에 더 잘 어울릴 수 있음을 증명했다."고 말했다. 이처럼 대중예술로서의 영화는 이미 우리 모두에게 다가와 있는 일상의 예술적 경험이자 높은 의식 수준의 진실을 만나는 신성한 과정이다.

영화가 이런 대중적 지위에 오를 수 있었던 것은 스크린이라는 필터가 나를 한 번 멈추게 하고 희로애락을 안전하게 경험할 수 있게 해 주기 때문이다. 영화 이전에는 오랜 역사의 연극이 고전 시대와 현대까지 무대와 실생활을 교차하며 우리 내면을 비추는 거울 같은 역할을 하기도 했다. 호킨스의 지적대로 예술가는 예술적 노력을 통해서 때론 삶의 특정한 면을 강조하기도 하고 때론 생략하면서, 항상 소리 없는 선택의 기로에 서게 된다. 그럴 때마다 예술적 선택이 수렴되는 지향점이 바로 대중이 감동과 영향을 받는 결정적 순간이 된다. 연극과 영화가 앞서거니 뒤서거니, 사회적 관습과 대중의 신념체계에 이와 유사한 수렴 과정을 거치며 영향력을 발휘했다는 점에 대해서 누구도 쉽사리 이의를 제기하지 못할 것이다. 어쩌면 16세기 셰익스피어와 20세기 버나드 쇼는 살아 있는 유산처럼 가장 좋은 문학사적 증거가 될 것이다.

그대의 영혼을
보려거든

　　6년 전, 나는 더블린의 내셔널 갤러리 여기저기에서 버나드 쇼의 흔적을 만났다. 고향 스트랫퍼드 어폰 에이븐(Stratford upon Avon)에서 차고 넘칠 정도의 사랑을 받는 셰익스피어의 흔적과는 또 다른 감동이 있었다. 그는 셰익스피어처럼 정규 교육을 제대로 받지 못했지만 어릴 적부터 미술관, 박물관, 도서관에서 책을 읽고 그림을 보고 공부함으로써 예술과 개인의 성장과 교육의 관계를 몸소 증명한 인물이었다. 더구나 버나드 쇼는 그 의미를 잊지 않고 사후에 작품 로열티의 3분의 1을 '버나드 쇼 펀드'로 내셔널 갤러리에 기부하였다. 이는 1950년부터 2020년까지 유효한 기부 계약이다. 대표작『피그말리온』과 그것을 각색한 뮤지컬과 영화「마이 페어 레이디」(1964)의 성공으로 예상보다 훨씬 더 많은 기금이 생겼고, 그 덕분에 내셔널 갤러리는 고야 등의 유명한 작품을 소장할 수 있게 되었다. 그렇게 크지 않은 이 갤러리에서 관객들은 좋은 그림을 가까이에서 볼 수 있게 된 것이다.

　　흥미롭게도 셰익스피어의『햄릿』은 19세기 최고의 클래식 아이돌, 프란츠 리스트(1811~1886)에게도 깊은 영감을 주었다. 음악과 시의 총체적 미학을 추구하는 리스트의 교향시. 그가 남긴 교향시 13편 중에서 제10번이 바로 「햄릿」이다. 이성률의 「리스트의 교향시에 나타난 주제와 음악적 구상」(2014)에 따르면 "문학 속 인물의 내면세계에 깊은 조예를 보인" 리스트는 "『햄릿』의 내면세계를 다양하게 표현"했다. 절묘하게도 그가 음악 외에 문학, 미술, 역사 등에 큰 관심을 갖게 된 것은, 먼저 셰익스피어와 버나드 쇼처럼 정규교육을 받지 못한 탓에 홀로 인문학적 소양을 채웠기 때문이었으며, 그리고 무엇보다 "단순히 연주자가 아니라 '예술가'를 목표로" 했기 때문이었다. 그렇다. 예술가는 결국 인간과 삶에 대한 깊은 성찰을 예술로 성취해 내고 그것을 다시 동서고금의 세상과 더불어 호흡하는 존재다. 그래서일까. 데이비드 호킨스는 리스트의 음악을 셰익스피어에 버금가는 의식지수 490으로 측정한다.

19세기 다뉴브에서 시작된 교향시 「햄릿」의 산비(酸鼻)한 음률이 더블린의 리피와 런던의 템스를 지나 시나브로 서울의 한강 위로 흘러간다. 그 시간의 강물 위로 16세기 셰익스피어, 20세기 햄릿 올리비에, 더불어 21세기 내가 서 있는 이 세상에 낯설지만 친숙한 삶의 무대가 밤하늘을 배경으로 펼쳐진다. 그 무대 너머로 내셔널 갤러리 벽에 새겨진 20세기 버나드 쇼의 한 마디가 온 세상 셰익스피어들의 탄식처럼 들려온다.

"그대의 얼굴을 보려거든 거울을 들고,

그대의 영혼을 보려거든 예술을 만나라."

(You use a glass mirror to see your face;

you use works of art to see your soul.)

나는 기억하지,
그 황량한
슬픔의 눈빛을

닥터 지바고
Doctor Zhivago 415

언젠가 한 번 보고 오랫동안 잊히지 않는 어느 젊은 예술가의 초상에 '1928년, 모스크바'라는 타이틀이 함께 붙어 있었다. 실은 이 초상을 그린 화가의 이름이 파스테르나크였다. 순간, 독일과 프랑스는 물론 러시아 문학사가 한꺼번에 머릿속에서 꿈틀거렸다. 릴케와 파스테르나크라니! 1899년 라이너 마리아 릴케(1875~1926)는 루 살로메(1861~1937)와 함께 러시아 여행 중에 모스크바를 찾았고, 화가 레오니드 파스테르나크와 피아니스트 로자 카우프만 부부를 만났다. 그 후 세월이 흘러 레오니드 파스테르나크는 릴케를 처음 만난 순간을 회상하며 이 초상을 그렸다. 레오니드 파스테르나크는 다름 아닌 『닥터 지바고』의 작가 보리스 파스테르나크(1890~1960)의 부친이다. 보리스 파스테르나크가 1890년 태생이니 그의 집에 릴케가 등장했을 때, 음악을 사랑했던 9살 꼬마에게 시인은 과연 어떤 모습이었을까. 문득 모스크바를 배경으로 펼쳐진 이 장면이 20세기에 일어났던 실제 상황이라는 점을 생각하니, 20세기 이들 예술가의 인연이 못 견디게 아름답다.

혁명이냐
사랑이냐

FM 라디오를 통해 심야 영화음악 프로그램을 듣고 성장한 세대에게 고전 영화 주제가는 그야말로 아련한 시간 여행이 된다. 고등학교 시절, 때때로 쉬는 시간이면 친구가 흥얼거리는 영화음악 도입부를 듣고서 영화 제목을 맞추는 놀이를 했다. 그때, 우리가 유난히 자주 불렀던 노래는 「로미오와 줄리엣」의 주제가 「A Time for Us」와 「닥터 지바고」의 주제가 「Somewhere My Love」였다. 낡은 팝송 모음집에서 그 노래를 찾아 깨알같이 작은 글자의 영어 가사를 복사하고 함께 허밍하며 부르던 그 시간. 이제 보니 그 추억의 얼굴들이 라라의 테마처럼 왈츠의 박자로 기억 속에 들어온다.

영화 「닥터 지바고」는 1965년 12월 22일에 개봉했다. 개봉 다음 날에 실린 《뉴욕 타임스》 리뷰에서 보슬리 크라우더는 "영화는 원작에 압축된 영적 갈등과 개인적 비극이 빚어내는 모든 긴장을 해결하기 위해, 슬픈 연인의 사랑 이야기로 정리해 버렸고, 이것이 이 영화의 약점이다. 각본을 쓴 로버트 볼트는 러시아 혁명의 광대한 역동성을 진부한 운명적 사랑 이야기로 축소시켜 버렸다."고 혹평했다. 이듬해 1966년 4월 29일 영국 개봉 당시 《가디언》의 리처드 라우드는 "원작대로라면 이 작품의 남자 주인공은 지바고, 여자 주인공은 도시 모스크바이며, 러시아 혁명은 이 둘 사이의 촉매제였다. 그러나 MGM이 제작한 영화 「닥터 지바고」는 「위대한 개츠비」의 러시아 버전이 되고 말았다."고 직격탄을 날렸다.

  그러나 개봉 일주일째 되는 1965년 12월 28일, 《버라이어티》의 A. D. 머피는 "다국적 배우들의 선명하게 아로새긴 연기가 원작의 다양한 인물들을 묘사하고 있다. 제작자 카를로 폰티는 영화사상 또 하나의 업적을 달성했으며, 표를 구하기 힘들 정도로 성공할 듯하다. 역사의 소용돌이에서 살아남아야 할 인간의 영혼, 그리고 개개인의 존엄성을 소중히 간직해야 하는 것이 각색의 중요한 지점인데, 볼트의 각색은 이 두 가지를 효과적으로 잘 버무려 균형 잡힌 이야기를 만들어 냈다."고 호의적으로 평가했다. 결국 이 영화는 전 세계적으로 1억 2,000만 달러라는 흥행 기록을 세웠으며, 제38회 아카데미에서 각색상, 음악상, 미술상(컬러 부문), 촬영상(컬러 부문), 의상상 등 5개의 오스카를 차지했다.

당신 존재의 집은
어디인가?

2015년 7월, 영원한 닥터 지바고의 배우 오마 샤리프가 세상을 떠났다는 소식이 들려왔다. 영미권 주요 신문에서 그의 부고를 전하는 문장과 구성은 달랐지만, 단 한 가지만은 일치했다. "영화 「닥터 지바고」에서 보여 준 당당하고 깊이 있는 눈매와 존재감은 그의 영화 인생에서 최고였다." 이 사실 앞에서는 어느 누구도 이의를 달지 못할 것이다. 이집트에서 태어난, 가톨릭 집안의 남성이 영국 왕립학교에서 연기를 공부하고, 이슬람교로 개종하면서까지 이집트 최고의 여배우와 결혼했으며, 할리우드에서 1962년에서 1968년까지 단 5년 동안 「아라비아의 로렌스」, 「닥터 지바고」, 「화니걸」이라는 영화사상 불세출의 영화에 주인공으로 활약했다. 사실 이 타임라인만으로도 그는 하나의 전설이다.

실은 나조차 영화 「닥터 지바고」를 처음 보았던 게 언제인지 기억나지 않아도, 오마 샤리프의 처연한 눈빛만은 차가운

눈발 위로 애잔하게 꽂히던 주제음악과 함께 금방이라도 떠올릴 수 있다. 그리고「닥터 지바고」에서 가장 빛나는 장면을 꼽으라면 주저하지 않고 말할 수 있다. 라라와 함께 마지막을 보내기 위해 얼어붙은 바리키노의 저택에 와서 밤새 시를 쓰는 지바고의 모습! 눈과 먼지로 가득 찬 그 공간에서 가장 먼저 온기를 얻은 곳은 바로 어릴 때 글자를 쓰고 배웠던 책상이다. 서랍 안에는 아직 종이와 잉크가 남아 있다. 초를 들고 책상에 앉아 하얀 종이 위에 '라라'라는 글자를 새기며 밤새 시를 토하는 유리 지바고.

눈이 나리네, 눈이 나리네, 온 세상에 나리네.
저 끝에서 이 끝까지 온 세상을 삼켜 버리네
탁자 위에 촛불 하나 타오르네
촛불 하나 타오르네.
……
불 밝힌 천장 위로
이지러진 그림자가 드리우니
엉켜 버린 두 팔, 두 다리의 그림자―
그리고 엉켜 버린 운명의 그림자.
……
모든 게 눈밭의 어둠 안으로 사라지네

완전히 하얗게, 반쯤 하얗게.

탁자 위에 촛불 하나 타오르네

촛불 하나 타오르네.

— 「겨울밤」('유리 지바고의 시')

    영화의 화자, 예프그라프의 대사에서 지바고는 "그의 시처럼 아주 미묘한 이유로 밤새 사라질 듯한 생각"으로 묘사된다. 코마로프스키는 극동으로 라라를 데리고 가기 위해 설득하면서 지바고에게 "그 터무니없는 섬세함으로 여자와 아이를 죽이기 싫다면, 이 비천한 짐승이 베푸는 호의를 받아들이라."고 말한다.

    지바고를 상징하는 "미묘한 이유" "밤새 사라질 듯한 생각" "터무니없는 섬세함"은 모두 시(詩)에 대한 애증이자 은유이며, 이는 곧 시인으로 살아가고자 했던 지바고를 향한 칼날이자 애상이다. 물론《뉴욕 타임스》리뷰에서 보슬리 크라우더는 "그 겨울밤. 늑대가 울부짖는 그 밤. 책상 한가운데 앉아 시를 쓰는 그를 지켜보는 것은 고역이다. 그 시를 관객에게 들려주지 않은 것만 해도 다행스럽다."라고 비판하기도 했다.

    하지만 어쩌겠는가. 나는 이 장면에서 이런 질문을 던질 수밖에 없다. '당신 존재의 집은 어디인가?' 하이데거가 "언어는 존재의 집"이라고 했듯이 시인이 거하는 존재의 집은 바로 시뿐이다. 지바고의 내면은 단 한 순간만이라도 오롯이 살아남은 자의 슬픔, 시대의 아픔, 사랑의 환희를 읽어 내는 시인으로 살아가고 싶은 열망으로 가득 차 있다.

늑대 울음소리에 기겁하며 점점 다가오는 이별과 고통스러운 현실에 괴로워하는 라라. 그녀는 "살아 있다는 게 정말 끔찍한 시간이에요."라고 말한다. 불멸의 연인과 마지막을 기다리는 그 남자가 평생 가장 참된 모습으로 진정한 자신을 보여주어야 할 때, 당신은 어떤 선택을 할 수 있을까? 지바고는 이스러질 듯한 고독과 절망의 순간을 시를 쓰며 견뎌 냈고, 그 시를 연인에게 바치며 이 야만의 시간을 견디며 함께 있음을 기억하고자 한다. 이 장면은 러시아어로 '살아 있음'을 뜻하는 '지바고'의 의미를 가장 절묘하게 드러낸다.

이처럼 파국의 짓눌림에 자유롭지 못한 상황을 데이비드 호킨스도 기술한 적이 있는데, 『치유와 회복』에 등장한 그의 문장마저 무심히 창가에 흩날리는 눈발처럼 세심하고 차갑다.

"파국의 경험에는 생존의 위협감과 극도의 비극적 상실감을 불러일으킨다는 공통점이 있다. 모든 것이 멈추어 버렸지만 아무것도 할 수 없다는 생각이 드는 것이다. 영원히 멈춰 버릴 것 같은 느낌과 상황을 변화시킬 수 없다는 무력감은 극심한 혼란을 더욱 부채질한다."

그리고 파국에 대응하는 태도를 설명하는 호킨스의 문
장은, 지바고의 내면이 움직이는 원리가 곧 시인이 세상을 바라
보는 눈길과 다르지 않음을 깨우쳐 준다.

"엄청난 파국을 불러오는 뼈아픈 사건들 속에서 우리가
다루어야 할 것은 놀랍게도 감정 자체의 에너지다. ……
사건이나 사실 자체에는 어떤 의미도 없다. 사실을 둘러
싼 정서적 반응이 중요한 것이다. 그러므로 삶의 사건들
과 관련해 우리가 정말 다루어야 할 것은 사실에 대해 우
리가 느끼는 방식이다. 느낌은 우리의 태도나 믿음, 사건
을 대하는 방식, 세계 속에서 자신을 바라보는 시각에서
비롯된다."

그들 내면의
지바고

1917년 러시아 사회주의 국가가 건설되었을 때, 수많은 예
술가와 지식인들은 고뇌하며 망명길에 오르기도 했다. 1957년
보리스 파스테르나크는 소설 『닥터 지바고』를 썼으나 러시아
에서 출간하지 못했다. 그런데 1958년 노벨문학상 수상자로 선

정되었고, 이 소설을 통해 혁명과 사회주의 국가를 격하했다는 이유를 들어 작가연맹은 그를 제명하였다. 급기야 소비에트 정권은 국외추방까지 들먹였다. 그는 모스크바에 남기 위해 노벨문학상 수상을 거부할 수밖에 없었으며, 2년 뒤 1960년에 세상을 떠난다. 극동으로 가는 기차 안에서 라라가 말하지 않던가. "그는 당신과 같이 떠날 사람이 아니에요. 그는 러시아를 떠나지 않아요."

앞서 릴케는 1899년과 1900년 두 번의 러시아 여행을 다녀오고 나서 존재와 시의 본원을 찾았다고 고백했다. "러시아는 그에게 평생에 걸쳐 언제나 떠오르는 하나의 영감이었다." "러시아 덕분에 지금의 내가 되었다. 나는 그곳으로부터 내적으로 출발했고, 그곳은 본능의 고향이자 모든 내적 원천이다."(『복면을 한 운명』)

릴케가 보았던 이 러시아는, 러시아 낭만주의와 문학의 황금시대를 열었던 푸시킨(1799~1837)이, 고통과 상처를 극복하고 진정한 인간과 삶의 의미를 밝힌 도스토옙스키(1821~1881)가, 아름다움과 역사를 넘어서 인간 존재의 철학적 지점으로 문학을 고양시킨 톨스토이(1828~1910)가 살아 숨 쉬던 곳이다. 역사는 이런 러시아에게서 자유로운 예술의 자리를 위협했지만, 그 후로도 수많은 푸시킨과 톨스토이의 후예들은 결코 그들 안의 '지바고'를 포기하지 않았다. 보리스 파스테르나크는 『닥터 지바고』를 통해 시와 문학이 곧 인간이 영원히 살아 있는 길이라는 진리를 증명한 것이다.

존재하느냐,
존재하지 않느냐

특유의 물빛 초상화로 유명한 중국의 현대 화가 장샤오강(1958~)은 문화 대혁명과 천안문 사태 등 중국의 역사 안에서 개인과 그 삶을 표현하는 작업을 해 왔다. 그는 「소위 '존재'라는 것을 찾아서(In Search of so Called 'Existence')」(1988)라는 에세이에서 이렇게 말한 바 있다. "'존재'의 위대함에는, 우리 한 사람 한 사람이 우주라는 사실을 증명하고, 모든 개인의 삶이 완벽한 역사라는 사실을 입증하면서, 그 점을 발견하고 표현하는 능력도 포함되어 있다."

이렇듯 그 상황이 아무리 엄중하고 거칠지라도, 또는 그 시절이 아무리 아름답고 낭만적이었다고 할지라도 그 시대를 지나가는 개인의 삶은 고단하고, 그 시대와 개인을 읽어 내야 할 시인과 화가의 눈은 시리고 아프다. 그들은 시간의 틈을 메우고 공간을 뛰어넘으면서 언제까지나 현실의 시공간에서, 아니 미래에까지 본질적으로 디아스포라의 삶을 살아가야 하기 때문이다. 영원이 없는 세상에서, 불멸을 허용하지 않는 인간의 조건에서 시는 결코 사라지지 않을 '살아 있음'을 믿고 수없이 다양한 '지바고'를 창조해 낸다. 그들 존재의 집이 바로 '시'이기 때문이다.

영화는 예술가의 자질을 물려받은 지바고와 라라의 딸, 토냐의 뒷모습과 그 너머의 무지개로 끝난다. 어쩌면 이 장면은 그토록 애썼던 지바고의 시, 그 존재의 집이 살아 있다는 징표, 더 나아가 (러시아의) 예술은 이렇게 상속되어 다음 세대로 이어지고, 또 다음 세대로 지속될 것이라는 존엄한 약속을 보여 주는 게 아닐까. 파스테르나크의 원작은 그것을 증명하듯 그 징표와 약속을 25편의 시로 남겨 주었다. '유리 지바고의 시'라고 명명된 이 시들은 「햄릿」에서 「겨울밤」과 「이별」을 거쳐 「겟세마네 동산」까지 이른다.

유리 지바고는 셰익스피어의 햄릿처럼 "존재하느냐, 존재하지 않느냐(To be or not to be!)"라는 명제를 평생 가슴에 품고 살아왔다. 스스로 꽂은 그 비수는 시가 되어 그를 감싸 안고, 결국 모든 삶이 귀결되는 그 지점에서 사라져 없어진다. 유리 지바고, 그대 존재의 집, 영원의 시 안에서 편히 잠들라!

하지만 이제 생명의 서(書)는

이제껏 기록되었던 모든 성자(聖者)들보다 더 고귀한 대목,

이제 반드시 실현되어야 할 대목에 다다랐으니
부디 그대로 이루어지길, 아멘.

그대 보이는가, 시대의 흐름이 한낱 우화와 같아서
그 흐름 속에서 불쑥 불타 버릴지도 모르지.
그렇다면 그 이름으로, 그 두려운 존엄의 이름으로
나는 스스로 행하는 고통의 차원에서 기꺼이 내 무덤 속
으로 내려가리.

— 「겟세마네 동산」('유리 지바고의 시')

당신께 바치는
내 마지막 공물

아마데우스
Amadeus 455

인간의 머릿속 여러 방에는 도도한 시간의 흐름이나 공간의 이동과 무관하게 어떤 '원형적 장면'으로 깊이 각인된 것이 있기 마련이다. 가령, 영화 「인사이드 아웃」(2015)은 내면의 감정과 기억을 '기억 섬' '핵심 기억' '감정 구슬' 등으로 입체적으로 보여 준다. 실은 내 머릿속 영화의 방에도 눈에 띄는 원형적 장면이 몇 가지 들어 있다. 말하자면 오랫동안 꺼내지 않았으나 망각되진 않고 여전히 내면의 미로를 오가는 나그네라고 할까.

가령, 「마지막 황제」(1987)의 마지막, 푸이가 어릴 적 숨겨 놓은 귀뚜라미 상자를 들고나오는 그 장면이 목에 가시처럼 걸려 오래도록 다시 볼 수가 없었다. 그러다 어느 날, 다시 열었을 때 이 영화가 중국어가 아닌 영어로 된 작품이라는 사실에 얼마나 놀랐는지! 내 무의식 속에서 「마지막 황제」는 당연히 붉은 중국어 성조가 전쟁같이 튀어 나가는 영화여야 했던 것이다. 그 순간, 유치하게도 베르톨루치 감독에게 알지 못할 배신감마저 들었다.

또한 영화 「아마데우스」(1984)도 마지막 부분, 모차르트의 주검이 허름한 관조차 빼앗긴 채 구덩이에 던져져 석회 가루가 뿌려지는 그 장면이 손톱 밑의 가시처럼 박혀 있었다. 2002년 감독판이 나왔을 때, BBC의 닐 스미스도 "극빈자 묘지에 그의 시체를 던져 버리는 참혹한 장면을 복원함으로써 모차르트의 비극적 죽음에 더 큰 페이소스를 안겨 준다."고 했다. 오랜 세월 이따금 스치는 아픔으로 존재를 지켜 온 그 장면을 마침내 다시 마주하게 되었을 때, 아, 그래도 미약한 인간에게 시간의 성숙함을 허락한 신의 자비에 마음의 무릎을 꿇는다.

불멸을 꿈꾸는
인간의 운명

「아마데우스」는 어쩌면 유한한 인간이 이 세상에서 불멸을 꿈꾸며 신성을 구하는 부질없는 운명을 그린 작품이다. 1984년 7월 개봉 당시, 《뉴욕 타임스》의 빈센트 캔비는 이 영화의 핵심은 "모차르트의 가장 흉악한 라이벌이면서 그의 타고난 재능을 이해하는 유일한 인물로 나오는 살리에리가 재현하는 역설에 있다."고 했다. 캔비의 지적대로 영화는 "살리에리의 고백이라는 틀 안에서" 진행된다. 살리에리는 평생 신의 음성을 두 번 듣게 된다. 잘츠부르크 대주교 관저에서 모차르트의 악보를 처음 본 순간, 그리고 모차르트의 아내 콘스탄체가 들고 온 원본 악보를 본 순간, 그는 황홀과 고통에 동시에 빠져든다. "다시 신의 그 음성을 들었소, 모차르트의 악보를 볼 때마다 섬세한 필치를 통해서 들려오는 미의 극치!" 살리에리가 내뱉는 단어는 찬미와 저주를 오간다. "분노에 찬 살리에리는, 인간에게 신성의 불꽃이 존재할 수 있다는 증거로서 모차르트를 통해 신이 음악을 쏟아냈다는 사실을 말한다." 캔비의 이 지적은 영화의 핵심을 무겁게 찌른다.

살리에리는 기도한다. "추앙받는 작곡가가 되어 신께 저의 성심과 근면, 가장 겸손한 마음도 평생 바치게 하소서." 그러나 이미 신의 악기라는 천부적 재능을 받은 모차르트를 만난 순간, 그때부터 신을 믿지 않게 된다. 아니, 믿지 않았노라고 고백한다. "오만하고 음탕하고 지저분하고 유치하기 짝이 없는 녀석을 선택하고서, 나에겐 그의 재능을 인식할 수 있는 능력만을 주시다니. 그건 부당해. 편파적이고 매정한 짓이야." 그가 벽에 걸린 십자고상을 벽난로의 불길 속에 집어넣는 장면은 그 어떤 저주나 욕망의 이글거림보다 더욱 치명적이다.

살리에리의 소망은 그의 고백대로 "(음악을 통해) 신을 찬미하는 것이었다." 개봉 당시《뉴욕 데일리 뉴스》캐슬린 캐롤의 분석처럼 "음악으로 불멸을 얻게 되길 갈구했다." 그렇기에 그는 고통스럽게 되묻는다. "신은 내가 음악으로 찬미하는 걸 바라지도 않으면서 왜 그런 바람을 갖게 했을까. 욕망을 갖게 했으면 재능도 주셨어야지. …… 신의 뜻은 무엇이었을까요? …… 하지만 왜 하필 그죠?" 모차르트 음악 앞에서, 신의 음성을 들을 수 있는 환희를 느끼는 동시에 다른 피조물이 그 은총을 받았다는 현실을 받아들일 수밖에 없는 형벌을 받은 살리에리, 그는 비엔나의 시지푸스였다.

그럼, 음악과 불멸은 어떤 관계인가? 그 해답의 실마리는 영화 속 모차르트가 프랑스 희극『피가로의 결혼』을 오페라로 만들고 있다는 논란을 둘러싸고 왕궁 안에서 벌인 고요하지만 격렬한 대화 안에 있다.

반 스위트 남작: …… 좀 더 고양하는 주제를 선택할 수도 있잖아.
모차르트: 고양하는 것이요? 도대체 고양하는 것이 무엇이죠? …… 왜 우린 신(God)이나 전설에 매달려 있어야 하는 거죠?

반 스위트 남작: 그것들만이 영원하기 때문이지. 적어도 그것들은 우리에게 영원한 것(eternal)을 제시해 주니까. 그런 오페라만이 우릴 고양시켜(elevated) 주지.

메리엄 웹스터 사전에 따르면, 영어 단어 'Elevated'는 "도덕적으로나 지적으로 높은 차원에 있는", "위엄과 품위가 있는" 등의 뜻을 담고 있다. 위 대화의 논리를 구조화하면 '신(God)—불멸(Eternal)—고양(Elevated)'이 되는 것이다. 고양된 오페라는 불멸의 요소이며, 이는 곧 신에 대한 찬미로 연결된다. 물론 역으로 신에 대한 찬미는 불멸을 구하는 것이며, 이는 고양된 음악으로 가능하다는 뜻이기도 하다. 이와 같은 맥락에서 데이비드 호킨스는 『진실 대 거짓』에서 고전 음악의 진정성을 이렇게 언급한다.

"고전 음악의 에너지는 …… 의식 수준을 향상시킨다. …… 흥미롭게도 낮은 마음에서 높은 마음으로의 이행으로 귀결된다."

그렇기에 신에 대한 찬미를 갈구하는 살리에리의 기도는 불멸을 꿈꾸는 인간의 영원한 굴레와도 같다. 도구로 쓰임을 받지 못한 연약한 인간이 할 수 있는 선택은, 신성과 불멸을 담은 그릇을 깨기 위해 저주를 내뱉는 것뿐이다.

"맹세코 당신을 매장시키겠소. 있는 힘을 다해 당신의 피조물에 해를 끼치겠소."

신성의 불꽃
한 조각이라도

2002년 4월, 로저 에버트는 이 영화의 두 번째 리뷰에서 "죽어 가는 모차르트 옆에서 살리에리가 레퀴엠의 마지막 부분을 받아쓰고 있는 모습이 가장 감동적인 장면"이라고 밝혔다. 그리고 "여기서 살리에리는 또 하나의 명작을 짜내려고 무진 애를 쓰고 있지만, 결국 그것은 자신(의 음악)이 얼마나 초라한지 보여 줄 뿐"이라고 설명한다. 여기서 조금 더 대담하게 비평의 발걸음을 옮길 필요가 있다. 살리에리는 신의 선택을 받은 피조물이 완전히 부서지기 전에 그렇게도 꿈꾸던 신성의 불꽃을 한 순간만이라도 느끼고 싶어 하지 않았겠는가. 이와 관련, 빈센트 캔비는 매우 빛나는 분석을 제시한다. "영화 속에서 매우 중요한 전환은 죽어 가는 모차르트에게서 '신성의 한 조각'을 낚아채려는 클라이맥스 장면이다. 모차르트가 지쳐 쓰러져 갈 때, 살리에리는 필사적으로 레퀴엠을 받아 적는다. 그러면서 그 음악이 자기 것인 양 행세한다. 이건 역사적 사실이 아니지만, 이 영화의 가장 중요한 포인트다."

말하자면, 이 장면은 이 영화에서 인간과 신의 영역이 처음으로 결합하는 순간을 드러낸다. 죽어 가는 모차르트가 마지막으로 내뿜는 음악의 뜻과 에너지를 차츰 알아차리고 적어 가면서 살리에리는 그 어느 때보다 행복하다. 그의 표정과 미소는 그렇게 갈구하던 신성의 영역으로 처음 들어와 본 아이의 모습이다. 그러니 이 영화 최고의 역설은 바로 이 레퀴엠의 완성 작업에 있다. 신의 영토에 있던 모차르트는 점점 죽음에 다가가고, 인간의 영토에 있던 살리에리는 점점 (자신이 꿈꾸던/자기 것이 아닌) 삶에 다가간다. "잠시만 쉬면서 눈을 붙이자."고 말하는 모차르트에게 살리에리는 "전혀 피곤하지 않아. 계속할 수 있어."라고 소리친다. 타나토스와 에로스가 벌이는 야누스 게임!

과연 그것이 삶의 에너지였을까? 살리에리는 절규하듯 말한다. "당신들의 자비로운 신은 사랑하는 자녀를 파멸시켰소. 자신의 아주 작은 영광 한 조각도 나눠 주지 않으면서. 모차르트를 죽이고 날 고통 속에서 살게 만들었소." 그러나 신이 선택한 신성의 불꽃은 결코 지지 않는다. 캔비의 지적대로 "모차르트는 결코 자신의 재능을 의심하지 않으며, 마침내 병들어 죽어 갈 때에도 그가 입은 패배는 그저 육신의 죽음뿐이다." 왜냐하면 "비록 모차르트가 어린아이처럼 말을 내뱉어도 그의 음악은 그 말을 신의 언어로 표현하기" 때문이다. 로저 에버트의 1984년 첫 리뷰에 나온 이 말은 어쩌면 살리에리조차 느끼지 못한 눈먼 진실이었을 것이다.

영원을 꿈꾸는
인간의 열망

데이비드 호킨스가 제시한 영화 「모차르트」의 의식 수준은 495이며 '모차르트 음악'의 의식 수준은 그보다 훨씬 높은 540이다. 절묘하게도 의식 지도에서 540은 500대에 단순히 포함되는 수치가 아니라, 독립적으로 제시되는 의식 수준이다. 540은 바로 '완전한' '기쁨'의 상태에 해당한다. 이런 500대 중반의 의식 수준은 무엇을 의미할까? 『나의 눈』에 나오듯 "이 수준에서는 고양된 기쁨이 많은 이들을 스승이나 치유자, 위대한 예술가나 건축가가 되게 인도해 주며, 예술가나 건축가는 훌륭한 대성당을 짓고 영감 넘치는 위대한 음악을 작곡하고 온갖 형태의 아름다움을 창조한다." 모차르트 음악이 일으키는 황홀함과 벅찬 감동은 바로 인간이 불멸의 신에게 가까이 다가간 순간임이 의식지수를 통해 곧바로 확인된다. 이로써 살리에리가 그토록 집착했던 이유가 자명해진다. 죽어 가는 모차르트에게서라도 신성의 불꽃 한 조각을 찾으려 했던 인간의 욕망은 다름 아닌 완전한 기쁨의 단계에 진입하기 위한 몸부림이었다.

모차르트와 비슷한 의식 수준에 해당하는 고전 음악으로는 헨델[510], 베토벤[510], 베를리오즈[515], 파가니니[515], 바흐[530], 푸치니[550], 차이콥스키[550]를 들 수 있다. 그리고 흥미롭게도 현대 음악으로는 비지스[510], 산타나[515], 조지 해리슨[540], 안드레아 보첼리[550], 엔리코 카루소[560], 루이 암스트롱[590]이 손꼽힌다. 호킨스의 표현대로라면 "카루소의 연주회에서 그랬던 것처럼 보첼리의 노래를 들으며 부끄러운 줄 모르고 흐느끼는" 것은, 그 음악을 통해서 완전한 기쁨과 환희를 느끼기 때문이다.

큰 틀 안에서 생각해 보면 불후의 음악을 남기고 먼저 세상을 떠난 모차르트, 그리고 절망의 음악을 껴안고 한 많은 일생을 살아온 살리에리는 인간의 역사에서 한 번도 사라진 적 없는 필멸할 인간의 운명이다. 모차르트의 주검에 뿌려진 석회 가루, 그리고 살리에리의 비참한 몰골과 정신. 이 참혹하고 비참한 상황 속에서도 단 하나 빛나고 있는 것은 영원을 꿈꾸는 인간의 끊임없는 (무의식적) 열망이다. 긴 역사 속에서 그 열망은 때로는 불멸의 음악을 낳고, 또 때로는 찰나의 욕심을 잉태한다.

부끄럽지만 연약한 나의 자아에게도 단 천만 분의 1초라는 짧은 순간이라도 신성한 불꽃의 끄트머리를 잡아 볼 수 있을 것 같은 순간이 찾아오곤 한다. 미사 전례에서 맞닥뜨리는 어느 순간, 나의 가장 이기적이고 교만한 지점을 찌르는 어휘와 맥락으로 가득 찬 고색창연한 찬가와 성인의 기도가 그랬다. 그리고 언젠가 어느 가을, 춘천교구 주교좌 성당에서 푸른 바다의 별처럼 빛나는 저녁 하늘을 만난 적이 있다. 성전 안팎으로 불이 켜지자 조금 전에 밟았던 십자가의 길 곳곳에는 빛의 그림자가 아로새겨졌다. 성전으로 들어가기 전, 자꾸만 나를 부르는 소리가 들리는 듯 돌아보고, 또 돌아보았다. 성전 오른편 작은 정원, 일광의 끝이 황혼으로 가신 검푸른 하늘에 홀로 달빛을 받은 성모상이 눈부시게 하얀 얼굴로 굽어보고 계셨다. 사랑은 빛이라! 사랑으로 자신을 내어 주신 성스러운 빛! 이 미약한 손을 놓지 않고 영혼의 탯줄을 다시 이어 주신 그날의 음성은 가난한 내 심장에 웅장한 기도를 채워 주었다.

실은 맥락은 다소 다르지만, 아무에게도 말한 적 없는 나만의 신성한 순간이 또 한 번 있었다. 마치 꿈같기도 하고 어디선가 잃어버린 기억 같기도 한 그 느낌은 아직도 생생하다. 종교도 신앙도 미사도 아닌, 오래된 구식 벽장에서 그야말로 우연히 섬광처럼 마주친 순간이었다. 어릴 적 가끔 놀러 가던 종조부님 안방의 벽장 안에는 크고 작은 여러 가지 책들이 어지럽게 쌓여 있었다. 어느 날, 그 책 무덤 속에서 형형한 눈빛의 초상화가 그려진 위인전 한 권을 우연히 만났다. 그는 바로 인도의 시성 타고르였다. 일찍이 그때 타고르에게 매료된 이후, 그 알싸한 그리움을 잊지 못하고 훗날 그의 시집을 내 그림자처럼 오래도록 곁에 두곤 했다.

타고르가 맨 처음 뱅골어로 노래했던 신에 대한 불멸의 기도는 바다와 대륙을 건너 영어로 이동하고, 마침내 우리말로 바뀌어 내 심장을 고통과 환희로 번갈아 가며 채워 주었다. 모차르트의 불멸이 내게는 타고르의 『기탄잘리』라는 고요한 열망으로 다가왔으니, 언제나 그랬듯이 오늘도 감히 그 옆을 잠시라도 스쳐 지나갈 은총을 구하려 한다.

내가 당신 곁에 앉을 잠시의 은혜를 구합니다.

……

당신 얼굴이 보이는 시야에서 멀어지면 내 심장은 영원한 안식도 잠깐의 휴식도 없어, 그리하여 나의 노력은 물가 없는 고통의 바닷속 끝없는 고역이 됩니다.

……

이제는 당신의 얼굴을 나란히 마주하고 조용히 앉아, 이 고요하게 흘러넘치는 한가로움 속에서 삶이라는 헌사를 노래할 때가 되었습니다.

— 타고르「기탄잘리 5」

진리와 사랑, 그 적막한 달팽이 걸음

간디
Gandhi 455

누구나 한 번쯤은 가장 기억에 남는 영화가 무엇이냐는 질문을 하기도 하고, 받기도 했을 것이다. 사실 여기서 "가장 기억에 남는"이라는 말은 의외로 우리가 이 질문에 답하는 것을 어렵게 만드는 이유가 된다. 가장 좋아하는 영화를 말해야 할까? 아니면 가장 감동적인 영화를 말해야 되는 걸까? 그도 아니면 내가 좋아하는 배우가 나온 영화를 말해야 하나? 그 짧은 순간에 이런저런 갈등이 머리와 마음속을 오간다. 자, 여러분의 대답은 무엇이 될까?

그 영화 제목을 들었을 때, 머릿속에 곧바로 떠오르는 장면이 있고 그 장면을 생각하면 가슴이 저릿한 느낌이 드는 영화. 인간의 기억은 세월의 흐름에 윤색되거나 흩어지기도 하지만, 때로는 시간을 이겨 내고 결정적인 한 순간을 기억의 바닷속에서 훌쩍 건져 올리기도 한다. 그런 맥락에서 영화 「간디」 (1982)는 내게 가장 기억에 남는 영화 중 하나다. 흥미롭게도 3시간이 넘는 이 영화를 떠올리면 가장 먼저 내 머릿속에는 카메라를 들고 서 있는 캔디스 버겐의 환한 미소가 피어오른다. 수차례 단식을 하고 체포되어 감옥에 갇힌 야윈 얼굴의 간디 앞에, 생기 넘치는 《라이프》지의 기자라니! 내 기억 속에서는 왜 그 장면이 그렇게 깊이 각인되었을까?

진리와 사랑에
근거한 힘

영화 「간디」는 20세기에 전 세계가 지켜본, 한 인간의 위대한 여정을 스크린에 되살렸고, 이에 아카데미는 작품상, 감독상, 남우주연상 등 8개의 트로피로 그 여정을 치하했다. 줄기차게 간디에 감화되어 마침내 영화를 제작하고 연출했던 감독 리처드 애튼버러 경. 그는 1983년 제55회 아카데미 작품상 수상 연설에서 이렇게 말했다.

"간디는, 우리가 우리 문제를 해결하는 방식을 판단하는 기준을 다시 점검해야 한다고 요구했던 것입니다. 사실, 인류가 타인의 목을 날려 버리지 않고 인간의 존엄성을 지키면서 궁극적으로 인간의 문제를 해결할 다른 방안을 발견할 수 있게 된 것은 불과 20세기에 들어와서였습니다. 간디는 우리에게 그 기준을 다시 살펴볼 것을 간청했어요. 그는 믿었습니다. 우리가 하려고만 한다면, 궁극적으로 폭력에 의존하지 말아야 한다는 데 다들 동의할 거라고요.”

간디를 상징하는 ‘사탸그라하(Satyagraha)’는 바로 “진리와 사랑 혹은 비폭력에서 태어난 힘”이라는 뜻이다. 데이비드 호킨스는 『의식 혁명』에서 간디의 위대한 힘을 이렇게 표현했다. “간디는 대영제국을 무릎 꿇렸을 뿐 아니라, 수 세기를 이어 온 식민주의의 드라마에 효과적으로 종지부를 찍었다. 그는 단순히 하나의 원리, 즉 인간의 내재적 존엄성 및 자유, 통치, 자결의 원리를 지지함으로써 그렇게 하였다. …… 폭력은 위력이다. 간디는 위력 대신 (참된) 힘과 정렬되어 있었으므로 자신의 대의에서 폭력의 사용을 일절 금했다.” 영화는 여러 장면들을 통해 호킨스의 말처럼 “간디는 자기 이익의 위력과 대비되는 사심 없음의 힘을 세계가 목격할 수 있도록 입증한다.”

영화는 남아공에서 기차를 탔던 변호사 간디가 유색인

이라는 이유로 일등석 칸에서 쫓겨나는 장면으로 시작한다. 그리고 곧바로 1948년 1월, 공개 산책을 나와 인사를 나누던 중에 힌두교도 청년에게 암살당하는 장면으로 이어진다. 영화의 결말에서 79살의 간디는 힌두의 의식대로 마지막 불길에 타올라 마침내 인더스의 강물 속으로 안식을 찾아 떠난다.

1982년 개봉 당시 《뉴욕 타임스》의 빈센트 캔비도, 최근 2016년 《텔레그래프》의 마틴 칠턴도 이 영화가 "20세기 가장 위대한 이야기 중의 하나를 들려주고 있다."는 데에 동의한다. 성인도, 예언자도 아니었으며 정식으로 국가 원수 자리에 오른 적도 없는 간디. 세상을 떠난 지 70년이 넘는 21세기 현재까지도 그는 한 인간으로서, 정치가로서, 철학가로서 여전히 중요한 인물이자 주제로 남아 있다. 2020년은 간디 탄생 150주년이 되는 해로 인도 정부는 대외협력위원회를 통해 웨비나(webinar) 기념식을 열어 전 세계에 실시간 스트리밍하였으며, 우리나라에선 영부인이 전통 직물 카디를 입고 축사를 했다. 그가 남긴 흔적은 죽음 앞에서 남긴 마지막 말, "헤, 라마!(오, 신이시여!)"만큼 깊은 울림으로 오늘도 전 세계 곳곳에서 울려 퍼진다. 이 영화는 그 사실을 증명하는 경전처럼 대중들에게 남겨졌다.

간디의 힘,
현대적 의미

2014년 8월, 인도의 유서 깊은 영자 일간지 《힌두스탄 타임스》의 부편집장 쿰쿰 다스굽타는 감독 리처드 애튼버러 경이 세상을 떠났다는 소식을 전하면서, 영화 「간디」를 인도 의회에서 특별 상영 하자고 제안했다. 그녀는 1982년 영화가 개봉된 이후 매년 간디 탄생일인 10월 2일이면 인도 방송국에서 그 영화를 방영했다는 사실도 들려주었다. 그렇다면 그녀가 그런 제안을 했던 이유는 무엇이었을까? 다스굽타는 역사가 람찬드라 구하의 말을 인용했다.

"만약 아직도 간디가 우리 곁에 살아 있다면, 공적 선거판인 정치계가 아니라 시민 사회 안에서 살아 숨 쉬고 있을 것이다. 설령 인도가 그를 거부한다 해도, 티베트, 미얀마 등 사탸그라하가 퍼져 있는 세상 곳곳에서 다른 모든 이들이 간디의 존재를 증명할 것이다."

그러면서 현재 인도 정치가 "다양성에 대한 배려, 합의를 이끌어 내는 대화, 타인의 이야기에 귀 기울이는 일"을 극도로 배제하는 현실을 지적하며, 이 영화를 통해서 간디가 그러했듯

"우리의 문제를 해결하는 방식을 판단하는 기준, 그것을 다시 살펴보았으면 좋겠다."는 의견을 피력했다.

간디는 1925년 《영 인디아》에 '사회를 병들게 하는 7가지 사회악'이라는 제목으로 글을 실었다. 지금은 뉴델리의 야무나 강변, 간디 추모공원 '라즈 가트(Raj Ghat)'에 이를 새겨 놓은 기념비가 서 있다. 그 내용을 잠시 열거하면 다음과 같다.

1. 원칙 없는 정치 (Politics without Principle)

2. 노동 없는 부 (Wealth without Work)

3. 양심 없는 쾌락 (Pleasure without Conscience)

4. 인격 없는 교육 (Knowledge without Character)

5. 도덕성 없는 상업 (Commerce without Morality)

6. 인간성 없는 과학 (Science without Humanity)

7. 희생 없는 종교 (Worship without Sacrifice)

이 7가지 사회악은 각 사회와 공동체가 처한 현실에 따라 조금씩 다를 수 있지만, 그 근본 의미는 어디서든 공통적으로 적용할 수 있다는 점에서 지역과 시대를 초월한다. 특히 거시적으로 정치의 영역에서 참된 힘과 오만한 위력을 구분하고 있는 호킨스의 설명은 상당히 설득력이 있다. "많은 정치제도와 사회운동은 참된 힘을 갖고 시작하지만, 세월이 흐르면서 사리를 쫓는 이들에게 이용당하게 되고 …… 문명의 역사는 이를 반복적으로 입증한다." (『의식 혁명』)

참된 힘은
늘 승리하였으니

영화의 마지막, 간디가 금식 중에 미라벤에게 들려주었던 참된 역사의식과 정치 철학이 보이스-오버로 흘러간다.

"절망을 느낄 때, 난 역사를 돌이켜본다. 진리와 사랑의 방법은 늘 승리했다. 독재자나 살인자들이 한동안은 강건해 보이지만 결국엔 다 무너졌지. 그것을 잊지 말아라. 언제나 신의 뜻이 의심될 때마다, 이게 바른길인가 의심될 때마다 그 사실을 항상 생각하고 신의 길을 가려고 노력해야 한다."

되돌아보면 고대부터 현대에 이르기까지 저마다 다른 상황에 처한 사회에서 살아가는 시민들은 그들이 속한 공동체가 상처 입은 현실 앞에서 어느 정도는 좌절하고 실망할 수밖에 없다. 그럼에도 모든 역사 위에서 그들은 어느 시대 어떤 상황에 맞닥뜨리더라도 변함없이 역사와 원칙을 무겁게 인식하는 불굴의 미래를 꿈꾸면서 치열하게 각자의 시간과 공간을 투영해 왔다. 이 여정 위에서 가장 참된 지도자는 두려움의 과거를 떨치고 묵묵히 진화해 온 공동체의 역사를 들려주고, 뼈아픈 현재가 오히려 공동체의 본질과 이상을 회복할 수 있는 새로운 시작이 될 수 있음을 역설한다. 링컨이 노예 제도와 남북 전쟁이라는 시대의 상흔 속에서 보여 준 지도자의 정치는 가장 설득력 있는 사례로 꼽을 수 있다.

정치 철학자이자 윤리학자인 마사 누스바움이 『정치적 감정』에서 분석하듯이, 링컨은 게티즈버그 연설을 통해 평등과 자유, 민주주의의 보편 가치를 담은 미국독립선언문의 정신을 실현시켜 새로운 나라를 건설하자고 강조한다. 그야말로 미국 사회에 전례 없는 새로운 이상을 환기하면서, 이미 벌어진 남북 전쟁을 공동체의 상처로만 남기지 말고 오히려 새로운 민주주의 공동체의 탄생으로 가는 엄중한 계기로 수용하자고 요청한다. 매우 참담하지만 우리도 최근에 공동체의 뼈아픈 겨울을 거치면서 그 역사가 예외 없이 증명되는 현실을 목도했다. 하지만 그 와중에도 우리는 참된 힘이 승리한다는 역사의 진리를 함께 증명하면서 민주주의 봄의 역사에 또 하나의 귀한 증거를 남길 수 있었다. 시대와 공간은 달라도 인도와 미국, 간디와 링컨, 그리고 최근 우리의 여정을 되짚어 본다면, 결과적으로 그것이 웅

변하는 역사의 진리는 호킨스의 『의식 혁명』이 전하는 참된 정치가의 모습과 결코 다르지 않다.

> "참된 정치가는 국민에게 봉사하지만 정치인은 자신의 야심을 위해 국민을 악용한다. …… 그러나 참된 목적을 이루려면 더한 성숙함, 인내, 규율이 요구된다. 위대한 지도자들이 우리에게 믿음과 자신감을 고취시키는 것은, 그들의 절대적 온전성의 힘, 그리고 불변의 원칙과 정렬하는 힘 때문이다."

영화 속에서 간디의 최후를 전하는 네루의 음성은 두려움에 떨리고 있었다. 그럼에도 그는 잊지 않고 생전 간디가 이루려고 했던 뜻을 전했다. "그분의 마지막을 보기 위해 사람들은 바다로, 강으로 가서 기도를 올리겠지요. 그렇다면 기도하는 중에 우리가 드릴 수 있는 가장 훌륭한 기도는 무엇일까요? 바로 이 위대한 우리 인도의 동포 바푸(아버지)께서 기꺼이 삶과 목숨을 바친 그 진리와 대의명분에 우리 스스로 헌신하겠노라 맹세하는 것입니다. 그것이야말로 우리가 그분과 그분에 대한 기억에 드릴 수 있는 최상의 기도입니다. 또한 인도와 우리 자신에게 줄 수 있는 최선의 기도입니다."

마하트마,
경이로운 미소

앞서 영화 「간디」를 생각하면 떠오르는 이미지가 캔디스 버겐의 환한 미소라고 했다. 캔디스 버겐이 연기한 사람은 바로 다큐멘터리 사진가 마거릿 버크 화이트(1904~1971)다. 이 불후의 여성 다큐멘터리 사진가의 프레임을 통해 세상에 남은 간디의 모습은 어쩌면 이 작은 영웅이 그저 한 인간으로 살아가고 싶은 본질의 파편이 아니었을까. 그 엄중하고 위태로운 순간, 간디를 비춘 마거릿 버크 화이트의 사진에는 고독과 어두움 너머 선한 빛을 향한 간디의 마음이 찍혀 있다. 마치 간디가 환생한 듯한 배우 벤 킹슬리는 그와 같은 간디의 내면과 영혼을 물레질하듯 촘촘히 이어 준다. 무엇보다 그는 네루가 "경이로운 미소"라고 감탄했던 간디의 환한 미소까지 전해 주면서, 인간 간디의 '심장'으로 다가가는 길을 오롯이 열어 준다. 영화의 오프닝 타이틀에서 나오듯 "한 인간의 삶을 하나의 이야기 안에 다 담을 순 없"지만, 때로 극한 상황에서 피어나는 미소가 한 사람의 모든 것을 말해 주지 않던가.

타고르는 간디에게 '위대한 영혼'이란 뜻의 '마하트마'라는 이름을 주었고, 간디는 타고르의 시를 즐겨 암송했다. 간디가 남긴 수많은 어록은 진실로 마음을 울리고 신실한 심장을 전해 준다. 더불어 타고르의 시에는 간디가 온몸과 마음으로 온 생애 동안 느꼈을 슬픔과 기쁨, 쓸쓸함과 사랑스러움이 한데 어우러져 있다. 과연 간디가 이 시를 애송했던 까닭을 알 것만 같다.

그대의 부름에 아무도 응답하지 않는다면, 홀로 걸어가라.
홀로 가라, 홀로 걸어라, 홀로 걸어가라.

오, 그대, 불운한 자여, 그 누구도 한마디 해 주지 않는다면,
스치는 얼굴마다 외면하고 돌아선다면, 모두가 두려움에 떨고 있다면,
그렇다면 그대의 심장을 열고서
머리와 마음속에 담은 말을 큰 소리로 외쳐라, 홀로 소리 높여 외쳐라.

오, 그대, 불운한 자여, 그들 모두가 외면한다면,
깊은 어둠의 길을 나서야 할 때 아무도 마음 보태지 않는다면,
그렇다면 그 길 위에 선 가시나무를,
오, 그대, 피투성이 두 발로 그 가시나무를 짓밟으며 홀

로 저벅저벅 걸어가라.

오, 그대 불운한 자여, 아무도 등불 하나 내주지 않는
다면,
폭풍우 몰아치는 어두운 밤에 모두가 문을 걸어 잠근
다면,
그렇다면 천둥 벼락의 불꽃 속에서
그대의 갈비뼈에 불을 붙여 홀로 계속 불타올라라.
— 타고르 「혼자 걸어가라」

간디는 말했다. "선(善)은 달팽이 걸음으로 나아간다. 선
을 행하고 싶은 사람은 이기적이지 않고, 서두르지 않으며, 사
람들에게 선을 잉태시키기 위해서는 오랜 시간이 필요하다는
것을 알고 있다."(『간디 어록』)

그대, 행여 눈물이 스친다면 영화의 마지막에 흐르던 라
비 샹카르의 시타르 선율을 들어라. 그리고 달팽이 걸음처럼 천
천히 고개를 들어 밤하늘을 비추는 수많은 사람의 별빛과 5월
첫 보름 달빛을 보라. 마침내 봄을 되찾은 모든 그대에게 지난
세기 5월의 상처와 승리와 더불어 21세기 가장 고단하고 아름다
웠던 우리의 5월을 기억하라.

'4월'에
봄비가 내리거든

벤허

Ben-Hur 475

짧은 산책길. 도심의 낮은 담장 너머 산수유가 노란 두 손을 흔들고, 문득 올려다본 하얀 목련꽃 그늘 아래에서 다시 찾아온 봄을 시나브로 맞이한다. 한데 이 모퉁이를 돌면 "4월은 잔인한 달"이라고 소리쳤던 T. S. 엘리엇의 음성이 그림자처럼 따라붙고, 또 저 모퉁이를 돌면 "4월의 달콤한 소나기"를 노래했던 제프리 초서의 프롤로그가 발길을 붙든다.

4월은 가장 잔인한 달
죽은 땅에서 라일락을 키워 내고
기억과 욕망을 뒤섞고
봄비로 잠든 뿌리를 마구 깨우네

겨울은 오히려 따뜻했지

망각의 눈(雪)으로 대지를 덮고

마른 구근(球根)으로 약간의 목숨을 대어 주었으니

— 엘리엇 『황무지』

4월이 달콤한 소나기와 더불어

메마른 3월의 뿌리까지 뚫고 내려가

푸른 잎맥을 하나하나 적시고

그 물길이 꽃들로 피어나면,

(봄의 전령) 서풍도 향기로운 숨결로

여기저기 숲과 들판의 새순에 입김 불어 넣고,

젊은 태양은 (봄을 알리는) 백양 자리를 지나가고,

밤새 뜬 눈으로 잠들었던 새들도

일어나 저마다 노래를 하네.

— 초서 『캔터베리 이야기』

두 시인이 4월을 대하는 이 정반대의 태도는 어쩌면 겨울과 봄을 교차하는 시간에 담긴, 야누스 같은 숙명이다. 때마침 이 시기는 그리스도교 전례력에 따라 사순절기에 해당한다. 구세주 부활을 기다리며 절제와 참회를 행하는 시기. 한국 성공회 주낙현 신부는 "그리스도교 신앙을 간명하게 말하면 자신의 어둠, 그리고 세상의 어둠이라는 십자가를 짊어지고 부활의 빛과 생명을 향해서 걷는 삶"이라고 했다. 결국 새로운 부활에 앞서 "우리의 슬픈 어둠과 세상의 아픈 어둠을 제대로 경험하고 깨닫는 것"이 사순절의 참뜻이다. 흙에서 왔으니 흙으로 돌아가 리라는 불후의 섭리를 일깨우는 재의 수요일부터 황무지 같은 사순절이 시작된다. 그리고 그 절기 동안 온 세상에는 푸른 잎들이 돋아나고 노랗고 붉은 꽃들이 얼굴을 내밀며 저마다 생명의 기운을 품어 낸다.

두려움 너머 참된
인간으로서의 삶

겨울과 봄, 죽음과 생명의 지독한 역설이 오가는 이 시점에 영화 「벤허」(1959)가 떠오른 것은 우연이었을까. 이탈리아의 고대 도시 마테라에서 찍었다는 2016년에 새로 나온 「벤허」가 아니라, 그 옛날 어릴 때 TV 명화극장에서 맨 처음 보았던 그 「벤허」였다. 장장 15분간 진행되는 그 유명한 전차 경주 장면과 3시간 40분이라는 러닝타임만으로도 영화사상 최고의 블록버스터로 기록될 이 휴먼 드라마의 진짜 의미는 기실 그 압도적인 스케일과 영웅적 서사에 있지 않다. 1959년 11월 개봉 당시,《뉴욕 타임스》 리뷰에서 비평가 보슬리 크라우더는 "이 영화의 기술력에 더한 찬사를 보내고 싶으나 지면의 한계가 아쉽다."고 말했다. 그러면서 마지막에 "고양된 영혼은 강한 의지를 보이지만, 고뇌에 찬 인간은 나약하다."고 덧붙였다. 이는 곧 영화 「벤허」가 갖고 있는 실질적 주제를 암시한다.

흥미롭게도 「벤허」가 성공한 복수와 주체성 회복이라는 일반적 주제만을 반영했다면, 전차 경주에서 벤허가 이기고 메살라가 죽음을 맞이하는 시점에서 영화는 끝났을 것이다. 그러나 이후 영화는 40여 분 계속되고, 이 시간 동안 비로소 이 영화가 궁극적으로 다다르고자 하는 지점을 향해 조용하지만 강렬한 열정으로 걸어간다. 이때 공간은 전차 경기장에서 나환자들이 사는 죽음의 계곡과 십자가형이 치러지는 골고다 언덕으로 이동한다. 말하자면 가장 낮은 곳으로 임하여 고통과 아픔을 나누려는 시도를 하는 것이다. 앞서 언급한 《뉴욕 타임스》의 크라우더도 "인물의 진실함과 신뢰성을 구축한 진정한 장면은 따로 있다."고 전제한 뒤, 그 첫째로 벤허가 나환자가 된 모친과 여동생을 만나는 장면을 꼽는다.

전차 경기장이 복수, 죽음, 종결, 침묵을 상징한다면 나환자 계곡은 사랑, 생명, 부활, 기억을 상징한다. 주인공이 처한 정치적 폭정, 부정, 증오의 짙은 그림자는 그대로다. 그러나 벤허는 최정점의 승리를 거머쥔 이후에 당시 세속적으로 자신에게 가장 불리하고 고통스러운 골짜기로 스스로 옮겨 감으로써 한 인간의 영적 발전을 눈부시게 보여 준다. 이로써 그가 노예 시절, 집정관 아리우스에게 던졌던 과거의 질문에 스스로 답하는 결과가 되었다.

아리우스: 존재에 목적이 있다고 생각하는 고집을 피우다니, 대단하군.
벤허: 무엇이 당신의 신념을 버리게 했소?

물론 여기까지 벤허 혼자 온 것은 아니다. 그의 진정성을 구축한 또 하나의 축은 바로 영화 속 예수 그리스도와의 만남이다. 영화 속에서 뒷모습으로만 등장하는 그리스도와 벤허가 직접 만나는 장면은 두 번 나온다. 한 번은 그가 노예로 끌려갈 때에 물을 내주던 그리스도가 있었고, 또 한 번은 예수 그리스도가 십자가를 지고 끌려갈 때에 벤허가 물을 건네던 장면이 있다. 하지만 벤허가 그리스도를 진정으로 만나는 장면은 연인 에스테르를 통해 예수 그리스도의 사랑과 자비를 들을 때였다. 그리고 동방박사 발타사르를 통해 예수 그리스도의 대속과 구원을 들을 때였다. 그리하여 결국 골고다 언덕, 십자가에 못 박힌 그리스도의 마지막을 지켜본 그는 "돌아가시기 직전까지 저들을 용서하라는 그분의 목소리가 내 손에서 칼을 빼앗아 갔다."

고 고백한다.

　그리스도가 세상의 죄를 짊어지고 세상을 떠난 날, 나환자였던 벤허의 모친(미리엄)과 여동생(티르자)은 고통에서 벗어난다. 영화는 지독한 폭풍우를 배경으로 그리스도의 손과 미리엄의 손을 교차시킨다. 이 장면에서 티르자의 대사는 매우 의미심장하다. "왜 이젠 두렵지 않을까요?" 그리스도의 피는 빗물에 쓸려 세상으로 널리 퍼져 가고 이 구원의 피로 지상의 흙과 풀, 그리고 사람은 새로운 생명을 얻는다. 데이비드 호킨스는 『현대인의 의식 지도』에서 "사실 신성의 실재를 발견하는 일은 두려움을 내려놓은 이후에야 비로소 일어난다. 두려움 자체는 신의 존재를 인식하지 못하게 막는다. 그 두려움을 버릴 때에 비로소 논리적 이해를 넘어서는 높은 평화가 드러난다. 그 경험의 심오함은 변화의 힘이 있어 삶을 송두리째 바꾼다."고 말했다. 이를 증명하듯, 호킨스는 영화 「벤허」의 의식 측정 지수를 사랑과 경외의 수준에 가까운 475로 적시했다.

아몬드,
생명과 부활

벤허의 개인적 서사는 어쩌면 두려움에 떨면서 복수를 꿈꾸는 인간 벤허를 죽이는 과정이었을 것이다. 반면 마지막 40여 분간 진행된 벤허의 자각과 인식은 그 상징적 죽음 이후에 얻는 참된 인간으로서의 삶을 보여 준다. 삶의 목적, 신의 섭리, 존재의 의미 등 비선형적 맥락으로 가득 찬 이 세계에 들어온 벤허. 마지막 장면, 골고다 언덕 아래 목자가 되어 양을 이끌고 가는 장면은 그 심오한 변화를 그대로 보여 준다. 1880년에 출간된 루 월리스 원작의 『벤허: 그리스도의 이야기』는 그 변화의 모습을 이렇게 묘사하고 있다.

"모두가 나사렛 예수를 응시하고 있었다. 어쩌면 벤허의 마음을 움직인 것은 연민이었을지 모른다. 하지만 이유가 무엇이든 그는 감정의 변화를 인식했다. 지상 최고의 삶보다 더 나은, 연약한 인간에게 영육의 고통을 견디는 강인함을 줄 수 있을 만큼 훨씬 더 선한 무언가, 죽음마저 기꺼이 받아들이게 하는 무언가, 이번 생보다 더 순결한 또 다른 삶, 발타사르가 그토록 단단히 품고 있던 숭고한 삶이 벤허의 머릿속에서 새벽빛이 밝아 오듯 점점 더 선명히 이해되기 시작했다. …… 그때 잊혀진 것들 사이에서 여전히 간직된 어떤 것처럼 허공 속에서 다시 나사렛 예수의 말씀을 들었다, 아니 들었던 것 같다."

이 마지막 장면을 보면서 순간 상상했다. 저 들판 옆에 봄이면 가장 먼저 꽃이 핀다는 아몬드 나무가 서 있지 않았을까. '아론의 지팡이'로 유명한 성경 속의 아몬드 꽃은 전통적으로 생명과 부활을 상징한다. 동시에 신이 인간에게 내리는 자비는 언제나 준비되어 있다는 신의 약속을 뜻한다. 다른 어떤 나무보다 가장 먼저 꽃을 피우는 것은 인간의 부름에 언제 어디서라도 응답하는 신의 자비를 뜻하며, 그 경이로운 약속의 정점이 바로 예수 그리스도의 부활이다.

아몬드 꽃의 성경 속 의미가 낯설다면 기독교 신화만큼 친숙한 고흐의 작품 「아몬드 꽃」도 있다. 고흐는 갓 태어난 조카를 위해 이 그림을 그렸으며, 그의 수많은 작품 중에서 가장 밝고 희망적인 메시지를 담았다고 평가된다. 하지만 역설적이게도 이 그림을 그린 1890년에 고흐는 스스로 생을 마감했다. 푸른색을 배경으로 그 특유의 흰 꽃으로 유난히 빛나는 이 아름다운 그림을 보노라면 삶과 죽음, 겨울과 봄의 눈물겨운 역설이 파도처럼 밀려온다. 동시에 아름다운 것은 결코 악할 수 없다는, 아니 가장 선하다는 진선미(眞善美)의 진리까지 중첩된다. 데이비드 호킨스가 밝힌 고흐의 의식 측정 지수는 「벤허」보다 높은 조금 높은 480이다.

"4월이

울고 있네"

　　과연 우리는 어느 정도까지 겨울을 겪어야만 봄을 맞이
할 수 있는 것일까? 과연 생명과 부활의 봄은 어떻게 오는 것일
까? 성당 가는 길, 연분홍 꽃잎과 연둣빛 새순을 본다. 생명은
그 어느 때라도 아름답지만 그 처음은 이루 말할 수 없이 사랑
스럽다. 그런데 벌써부터 바람에 흩날려 땅 위에 하나씩 떨어져
있는 어린 날개들이 보인다. 문득 모든 새순이 잎으로 돋아나서
꽃을 피우고 열매를 맺으며 살아갈 수 없다는 아픈 깨달음이 스
친다. 숨을 죽이며 생각한다. 그 아픔도 자연의 섭리 안에서 일
어나는 일이라고 애써 위로하고 다독여 본다. 분명 그 새순은
다시 하늘로 올라가 푸른 별이 되었을 것이다. 그래서 영원히
하늘에서 향기로운 꽃잎으로, 자유로운 돌고래로, 눈부신 별빛
으로 다시 생명을 밝혀 줄 것이라 믿는다. 그렇게 기도하고 또
기도한다.

　　성 요한 크리소스토무스는 하느님께서 하늘나라에 속한
몇 가지 요소들을 인간에게 내려보내 주셨는데, 그것은 다름이
아니라 밤하늘의 별, 들판의 꽃, 그리고 어린아이의 눈빛이라고
했다. 하늘로 날아간 봄날의 푸른 별들과 더불어 스쳐 가는 4월
의 거리. 재작년, 작년, 올해, 내년, 내후년, 그리고 앞으로도 늘

찾아올 4월이지만 우리는 이 4월을 끝내 잊지 않을 것이다. 부활절은 전통적으로 매해 춘분을 지나고 첫 보름 이후에 돌아오는 첫 번째 일요일에 해당한다. 공교롭게도 세월호 3주기를 맞은 2017년에 재의 수요일은 3월 1일이었고 부활절은 4월 16일이었다. 그해 4월, 슬프고도 아름다운 이 우연을 핑계 삼아 누구든 붙잡고서 두 손 모아 함께 기억하고 기도하기를 간청하고 싶었다.

엘리엇의 황무지에도, 초서의 순례길에도 어김없이 찾아올 4월의 봄비. 그 부활의 봄비는 십자가에 새긴 고통이 곧 나를 둘러싼 "세상이 겪는 고통과 슬픔을 보는 창(窓)"(주낙현)이 되어야 함을 나지막이 가르쳐 준다. 벤허의 긴 여정은 바로 이 신의 섭리와 영적 진리를 얻는 인간의 길이었다.

해마다 돌아오는 4월에 봄비가 내리거든 하늘에서 푸른 별들이 지상에 보내는 손짓이라 생각하고 따뜻하게 그 손을 꼭 잡을게. 그 4월에 초록의 노래를 들으며 봄비를 맞아도 되겠니? 그 노래가 끝나면 목련꽃 그늘 아래 서서 천상으로 보내는 편지를 읽어 주어도 괜찮겠니? 그러다 어느 길모퉁이 이름 모를 작은 성당에 들어가, 밤하늘 별빛을 닮은 파란 촛불 하나 밝혀도 되겠니? 기억할게. 잊지 않을게. 미안하다. 사랑한다.

3부

아름다움의 여름은
아직 죽지 않았기에

But thy eternal summer shall not fade

— William Shakespeare, Sonnet 18 'Shall I compare thee summer's day'

무심한 인연의
향기는 계절을
잊지 않는다

추억
The Way We Were 350

　피천득 선생의 수필 「인연」에는 아사코를 비유하는 꽃
이 세 번 등장한다. 맨 처음, 귀여운 소녀 아사코는 "스위트피이"
로, 청순하고 세련된 대학생 아사코는 "목련꽃"으로, 결혼한 아
사코는 "백합같이 시들어 가는 얼굴"로 표현된다. 목련이나 백
합은 피어날 땐 탐스럽고 충만하지만, 막상 질 때는 하얗고 커
다란 한 떨기 꽃이 목을 내놓듯 뚝뚝 떨어진다. 순백의 백합이
향기는 그대로 유지한 채 마지막을 수놓는 것처럼, 어쩌면 인연
의 쓰라림은 그 향기가 너무 아득하여 두고두고 세월이 흘러도
마음을 사로잡는 것 같다. 그래서인가. "그리워하는데도 한 번
만나고는 못 만나게 되기도 하고, 일생을 못 잊으면서도 아니
만나고 살기도 한다."는 마지막 구절은 도도한 세월 속에서도

처음 이 문장을 만났을 때의 설렘과 아픔을 한 번도 저버린 적이 없다.

영화 「추억」(1973)도 그랬다. 그 후로 더 아련하고 서글픈 영화를 보았고 더욱 가슴 저릿한 주제가를 들었음에도 처음 이 영화를 만났을 때의 아련함과 서글픔은 단 한 번도 사그라지지 않았다. 오프닝 크레디트가 올라가기도 전에 두 사람이 처음 얼굴을 마주하면서 흘러나오는 주제가의 도입 부분. 바브라 스트라이샌드의 허밍이 채우는 멜로디의 달콤함은 마치 전생의 기억처럼 새겨져 있다. 내가 태어난 해, 내가 태어난 달에 개봉한 이 영화에 깃든 남다른 사랑을 헤아려 보니, 이제 70대 후반이 된 바브라 스트라이샌드와 로버트 레드포드의 지난 시간들이 온전히 영화 속 케이티와 허블로만 남아 있는 듯한 착각마저 든다.

할리우드와 매카시즘,
서사의 균열 속에서

안타깝게도 1973년 개봉 당시, 《뉴욕 타임스》의 빈센트 캔비는 이 영화를 "허섭스레기" "인기만 끌려고 타협한 쓸모없는 작업"이라고 혹평했다. 그러면서도 스트라이샌드의 연기에 대해서는 다소 타협적인 면모를 보인다. "그녀는 영화계 빅스

타다. 그런 그녀를 1940년대 사랑에 울고 우는 여주인공에게나 쓰였던 감상적인 방식으로 찍어서 세상에 선보이다니 정말 터무니없는 일이다." 더구나 리뷰의 서두에서 캔비는 스트라이샌드의 연기를 "배우(actress)"가 아니라 "누군가를 대신하여 그 역할을 해내는 사람(impersonator)"으로 축약시킨다. 반면 로저 에버트는 "오늘날 가장 영리하고 순발력 있는 여자 배우로서 그녀의 연기는 환상 그 자체"라고 찬사를 보낸다.

그런데 두 비평가는 동일한 지점에서 이 영화에 강한 아쉬움을 드러낸다. 캔비의 표현대로라면 "스토리가 갓 결혼한 두 사람을 따라 전후 할리우드로 갈 때부터, 둘의 사랑, 이 영화 자체, 스트라이샌드의 연기가 총체적으로 잘못되어 간다. 할리우드에서 이류 성공을 위해 자기 영혼을 파는 허블과 대학 시절처럼 여전히 파시즘과 싸우고 있는 케이티는 할리우드 마녀사냥의 타깃이 된다." 에버트도 "당시 매카시즘 시대, 할리우드로 간 두 사람, 이때부터 영화는 아무런 개연성 없이 플롯이 느슨해진다."고 지적한다.

전혀 다른 정치적 견해를 갖고 있으면서 사랑에 빠지고 결혼한 두 사람에게 갈등과 결별은 영화 서사의 필연적 요소다. 그렇다면 그 갈등이 싹트는 지점 역시 두 사람의 근본적 차이에서 연유하리라는 사실 정도는 예상하기 어렵지 않다. 두 남녀가 대체 언제, 어디쯤에서 서로를 향해 가혹한 말을 쏟아내며 파국으로 옮겨 갈 것인가? 여기에 하나의 장치가 필요하다면 분명 관객의 뇌리에 박힌 그 지점을 건드리는 작업이 될 수밖에 없다. 기실 서사의 생명력은 어떻게 하면 가장 절묘하고 개연성 넘치는 갈등을 일으켜 멋지게 파국을 맞이할 것인가에 있지 않은가. 덧붙여 영화 속에 차용된 관련 시대와 역사적 사건이 인물과 관계를 완전히 무너뜨리는 올가미로 이용될 것인가, 아니면 다시 처음으로 돌아가 그간의 서사를 스스로 삭제하는 묘약으로 쓰일 것인가의 문제는 온전히 작가나 연출가의 몫이다. 다만, 차용하기로 결정한 사건이나 시대의 흐름이 영화 속에서 어느 정도까지 영향을 끼치는 요인이 되느냐가 곧 작가나 감독이 그 역사를 바라보는 절대적 잣대가 되진 않는다. 작가나 감독에게는 창조적 백일몽과 그 백일몽을 대중에게 제시하는 스타일이 무엇보다 중요하다.

빈센트 캔비는 "이 영화가 1940년대 후반과 1950년대 초반, 소위 매카시즘 광풍을 차용한 최초의 할리우드 영화로서 그 역사적 가치가 있었을 수도 있다."고 일단 전제한다. 예상하건대, 어쩌면 캔비는 최초라는 맥락에서 그 역사적 실재가 좀 더 충실하게 화학적 작용을 일으키는 역할을 해 주기를 바랐는지 모른다. 그래서인지 "이 예외적이고도 매우 슬픈 미국 정치의 한 장이 너무나 초라하고 헛되이 이용되면서 흔하디흔한 자동차 사고만큼도 못한 장치가 되어 버렸다."고 비판한다. 하지만 동시에 영화의 서사가 가진 성격을 잘 아는 비평가로서 바로 다음과 같이 덧붙인다. "감독 시드니 폴락이나 원작자 아서 로렌트가 지금껏 좋은 작업을 해 왔기 때문에, 완성된 이 영화에 드러난 스타일 측면의 시시한 속임수나 서사 측면의 불일치가 전적으로 그들만의 책임이라고 생각하지 않는다."

재능을 가진 자
욕망을 가진 자

롤랑 바르트는 『롤랑 바르트, 마지막 강의』에서 이 서사적 갈등에 절묘한 해답을 제시한다. 그는 "작가는 어떻게 '역사를 재현하고' 표현하는가?"라는 질문을 던지며 이렇게 답한다.

"위대한 작품들은 위대한 역사를 위대한 측면에서 표현한다는 고상한 생각을 경계해야 합니다. 그런 일이 있을 수는 있습니다. 예를 들어 방대한 역사시, 나폴레옹 시대의 러시아 사회를 그린 서사시인 『전쟁과 평화』의 기획이기도 합니다. 하지만 위대한 작품은 아주 흔히 단지 역사와 주변적이고, 부차적이고, 간접적이고, 세분화된 관계만을 맺습니다."

오히려 영화 속 케이티와 허블이 보이는 내밀한 갈등은 글쓰기에서 비롯된다. 정확히 말하면, 글쓰기(문학)에 대한 재능과 욕망에 있다. 단편소설을 쓰는 강의에서 담당 교수가 허블의 과제물을 선정하고 훌륭한 작품이라고 칭찬하며 읽어 주는 장면. 여기에서 당황스러움과 뿌듯함, 설렘과 부끄러움이 봄날 아지랑이처럼 피어나는 허블의 표정과 몸짓을 기억하는가. 그 알싸한 아지랑이 틈에서 정반대의 심정으로 시선을 어디에 둘지 모르면서도 그 이야기에 귀 기울이는 케이티의 표정과 몸짓도 기억하는가. 아, 이 장면은 이 영화 속에서 두 사람의 순수한 내면을 가장 잘 들여다볼 수 있는 부분이다.

수업이 끝난 후, 케이티는 도망치듯 뛰어나와 캠퍼스 어느 휴지통에 자신이 쓴 글을 찢어 버린다. 아르바이트를 하는 틈틈이 작품을 쓰고, 심지어 작품을 완성할 시간이 부족해 자신이 주관해야 할 모임을 친구에게 대신 부탁하는 장면도 나온다. 허블은 자기가 쓴 글을 처음으로 '팔았을 때' 함께 축하하며 술잔을 부딪칠 사람을 기다린다. 그 상대는 당시 데이트하던 캐롤 앤이 아니라 늦게까지 일하느라 지쳐 돌아오는 케이티였다. 빈센트 캔비 역시 허블의 캐릭터를 설명하면서 "그는 케이티가 그렇게나 염원하지만 결코 가질 수 없는 문학적 재능을 가진 인물"이라고 지적하기도 했다.

서로 사귀게 된 후에 케이티가 허블에게 준 첫 번째 선물은 바로 '타자기'였다. "글을 쓰지 않기엔 너무 아까운 재능"이라고 말하며 연인에게 타자기를 선물한 케이티. 그 여자의 심중에는 무엇이 있었을까. 이후 두 사람이 이별을 결심하고 이야기를 나눌 때 케이티는 두 가지 질문을 던지고 거기에 허블은 이렇게 답한다.

> 케이티: 책을 끝내는 걸 원치 않았지?
> 허블: 모르겠어. 난 거기에 별 의미를 둔 적이 없어.
> 케이티: 소설을 쓰기 위해 프랑스에 가는 것도 별로 원하지 않았던 거지?
> 허블: 그래. 그건 당신이 원했지.

이 장면에서 두 사람의 표정은 큰 일렁임 없이 오히려 냉정함이 도드라진다. 재능을 가진 자와 욕망을 가진 자. 두 사람의 심리적 줄다리기는, 재능을 가진 자가 잡고 있던 한쪽 줄을 순순히 내려놓음으로써 끝나고 만다. 욕망을 가진 자는 타자의 눈동자 속에서 자신의 욕망을 보았기 때문에 그를 탓하거나 나무랄 수가 없다. 허블은 잔인하게도 그 욕망을 애써 모른 척할 만큼 그녀를 사랑하거나 혹은 사랑하지 않는다. 아니, 어쩌면 《더 필름 스펙트럼》 제이슨 프레일리의 지적대로 "케이티는 허블의 문학적 재능을, 허블은 케이디의 진취적 능력을 서로에게 구원의 지점이 되리라"고 생각했을 수 있다. 무의식적 구원의 시나리오를 펼치고 있던 두 사람. 그래서 케이티는 "우리가 서로 사랑하면 좋겠어."라고 한탄하며, 허블은 "마녀사냥보다 사람이 더 중요하단 말이야. 목적이나 원칙이 아니라 너와 내가 더 중요하다고!"라고 외친다.

이 어긋남은 의외의 지점에서 모습을 드러낸다. 원작의 각색을 요구하는 감독과 그 앞에서 자신이 직접 고쳐 쓰겠다고 나서는 허블. 이때, 허블의 옅은 머뭇거림과 흔들리는 시선은 오히려 가장 선명한 신호가 된다.

허블: 내가 가장 잘 알고 있잖아요.
감독: 아니야. 자네는 이런 영화 기법에 익숙하지 않아. 특히 소설가에겐 그래. 자신의 소재에 너무 가까워.

영화라는 대중 예술의 입장에서 볼 때, 앞서 기술한 일련의 장면을 통해 두 사람이 서로의 무의식적 욕망을 모른 채 만나고 사랑하고 이별하는 모습은 결국 존재의 연약한 지점을 건드리며 뒤늦게야 무언가를 깨닫게 만드는, 알 수 없는 카타르시스를 선사한다. 데이비드 호킨스는 『나의 눈』에서 이 지점이 가진 예술성을 다음과 같이 설명하고 있다.

"사진이나 조각 작품을 통해 시간상의 어느 한순간을 포착해 동결시키려 할 때 이런 앎의 핵심을 요약하기 위해 시도하는 것이 예술이다. 정지된 하나하나의 프레임은 완전함을 표현하며, 어느 한 장면이 중첩된 스토리의 왜곡으로부터 분리될 때라야만 그 완전함을 제대로 음미할 수 있다. 존재의 매 순간의 드라마는 예술이 이른바 역사라고 하는 물질적인 형태로의 변형의 소멸로부터 그것을 구해내 줄 때 제대로 보존된다. 주어진 어느 한순간에 내재된 순수함은 그 순간이, 선택된 순간들을 연속시켜 결국 하나로 만들어진 '이야기'에 투영되어 있는 맥락에서 벗어날 때 비로소 드러난다."

사랑하면
늘 함께 있으니

2015년 제42회 '찰리 채플린 어워드' 시상식에서 로버트 레드포드와 바브라 스트라이샌드가 재회한 기사가 그날 엔터테인먼트 섹션을 가득 채웠다. 스트라이샌드는 40회 수상자이자 시상자로서 주인공 레드포드를 무대로 불러냈다. 그 무대에 걸린 영화 「추억」의 스틸 사진은 30대 아름답던 두 사람을 보여 주며 영화가 가진 마법 같은 힘을 발휘했다. 영화 속, 마지막 장면. 뉴욕 플라자 호텔 앞에서 헤어졌던 두 사람이 훌쩍 세월을 뛰어넘어 70대 중반이 되어 뉴욕 링컨 센터의 무대에 다시 서 있다. 스트라이샌드는 어느새 케이티가 되어 허블에게 상을 건네며, 그때 그 시절처럼 레드포드 이마의 머리칼을 손으로 쓰다듬었다. 그 행동이 뜻하는 바를 너무나 잘 알고 있는 관객들은 그 모습에 눈물을 흘리기도 했다는 후문이 있다. 영화 속 30대의 케이티와 허블은 이별 앞에서 이런 대사를 읊었었다.

> "우리가 늙었다면 좋았을걸. 고비를 잘 넘겼을 거고 모든 게 단순하고 혼란스럽지 않았겠지. 우리가 젊었을 때 택했던 그 삶의 방식도 말이야."
> "케이티, 혼란스럽지 않은 건 없었어."
> "하지만 아름다웠잖아. 그렇지 않아?"
> "그래. 참 아름다웠지."

이미 와 있는 미래를 담은 과거의 손짓. 오늘 영화 「추억」은 무심한 인연의 향기를 시간 속에 뿌리며 이런 역설적 속삭임을 전해 준다. 그 "앎의 핵심을 요약하기 위해 시도하는 것이 바로 예술"이다. 한데 어릴 때는 이 영화의 결말을 곱씹으며 왜 그들이 미래를 함께할 수 없었는지, 그리고 왜 하필이면 문

학과 일상의 즐거움이 인간의 성격과 시대의 계절 속에서 허우
적대야만 했는지 다소 원망스러웠다. 반드시 결합했어야 한다
는 어떤 심리적 보상을 받고 싶어서가 아니었다. 결국 케이티
와 허블에게서 거리두기에 실패해 버리고 현재를 저당 잡힌 가
련한 20대 독자이자 관객의 투정에 가까웠음을, 그리고 실은 그
모든 순간순간이 어차피 삶이고 사랑이고 예술임을 인정하기
가 참으로 힘겨웠음을 이제는 나도 안다. 문학은, 영화는, 예술
은 그렇게 삶의 이치를 스며내는 시간의 눈금이다. 이제 나는
그저 겨울이 가면 봄이 오고, 가을이 가면 겨울이 오듯 그렇게
자연스럽게 시간의 눈금을 건너가 "그리워하는데도 한 번 만나
고는 못 만나게 되기도 하고, 일생을 못 잊으면서도 아니 만나
고 살기도 한다."고 담담하게 써 내려갈 수 있는 성숙한 시절이
생의 반가운 손님처럼 찾아와 주기를 기다린다.

해마다 여름 기운이 느껴질 무렵이면 언제나 그랬듯이
배롱나무에 붉은 꽃이 핀다. 언젠가부터 배롱나무에 꽃이 피면
봄이 가고 여름이 왔음을, 그 꽃이 지면 이제 여름이 가고 가을
이 왔음을 계절의 수식처럼 연결하게 된다. 내가 오랫동안 있었
던 남쪽 어느 도시에는 여름이 되면 도로 한가운데 가로수처럼
늘어선 배롱나무가 밤새 붉은 꽃을 피우곤 했다. 신기하게도 벚
나무는 봄날 벚꽃 필 때가 아니면 벚나무인 줄도 모르고 지나가

기가 다반사인데 유독 배롱나무는 달랐다. 여름내 붉던 꽃잎이 말라 가고 나머지 계절 내내 옅은 회갈색 줄기와 가지로 낯선 정물화처럼 서 있어도 배롱나무는 그냥 배롱나무였다. 어디에 서 있어도 알아보고, 보는 순간 미소가 번지고, 걸음은 앞으로 가도 시선은 내내 거기에 머물게 되는 마음이라니!

우아한 가을이 오려니 삶의 가장자리와 끄트머리에 모여 살던 여리고 세심한 마음이 가장 먼저 쓸쓸함에 베인다. 어쩌면 백석과 허수경과 키츠와 타고르가 그러했듯이 그 운명을 시(詩)로 끌어안으며 살 수 있을까. 그렇지 않다면 나는 그들을 읽으며 오고 가는 계절을 귀애하고 그 시간과 공간 속에서 스스로를 애태우지 않고 사랑하는 일, 하늘이 내게 주신 가장 애틋한 인연이자 무던한 과제로 삼아 살아가고 싶다. 때론 그 순간이 아침에 넌지시 가벼운 인사만 하고 밤새 비바람에 다 흩어져 부서진 낙엽처럼 가 버려도 괜찮다. 그때쯤이면 어디에 있어도 늘 함께 있음을 느낄 테니까. 인연의 아득한 향기는 때마다 피는 꽃처럼 계절을 잊지 않는다.

그대 마음을
찌르는 빛을
만나거든

애니 홀
Annie Hall 355

　　몇 해 전, 런던의 코톨드 갤러리로 찾아가는 길. 그해, 내가 들렀던 날은 마침 고야(Francisco Goya)의 드로잉 특별전이 열리고 있었다. 누구나 그렇듯 이미 이곳에 어떤 작품이 소장되어 있는지 알고 있었기에 때마침 고야까지 볼 수 있다는 사실에 짐짓 행운이라는 생각마저 들었다. 서머셋 하우스의 분수가 보내는 손짓을 뒤로 한 채, 갤러리 '1층'에 들어섰다. 맨 처음, 내 눈을 연 작품은 잘린 귀에 붕대를 맨 빈센트 반 고흐였다. 그를 본 순간, 나는 그림이 있는 방향으로 걸어가지 못하고 자꾸만 뒷걸음치며 물러났다. 내 뒤에 서 있던 검은 양복 가드들의 시선이 꽂히기 시작했다. 실은 이 그림을 실제로 보면 어떤 느낌일지 상상해 본 적 없었지만 이렇게 산비(酸鼻)하게 될 줄은 미처 몰랐다. 그때, 자화상 오른편으로 들어오는 옅은 빛, 그 빛으로 생긴 액자 고리의 부드러운 그림자를 난 잊지 못한다. 그 작은 틈 사이로 들어온 빛을 받아, 순간 가장 우아한 방식으로 관객의 마음을 찌르는 고흐의 시선이 내내 아른거렸다. 그리고 다음 날, 다시 그 시선을 보러 갔을 때는 마침 비가 내렸다. 마음을 찔린 관객과 귀를 잘린 화가는, 마치 제 눈을 찌른 오이디푸스처럼 빛의 신탁에 무릎을 꿇고 하염없이 창가만 바라보았다. 그 시간, 나는 서양 나이로 마흔한 해를 넘어가고 있었다.

마흔에
보이는 것들

1977년 4월 개봉한 영화 「애니 홀」은 2017년에 40주년을 맞이했다. 이를 기념하여 여러 매체에서 당시의 리뷰와 더불어 새로운 이야기가 올라왔다. 특히나 《가디언》의 조던 호프먼은 앨비가 "내가 이제 40살이 되면서 삶에 문제 같은 게 생긴 것 같다."고 독백하는 오프닝 장면을 언급하며 "40주년이 된 이 명작이 그동안 뉴욕, 패션, 영화, 문화 등에 끼친 영향을 이야기하기에 이제 좋은 때가 된 것 같다."고 말했다.

좀 더 가까이는 2010년 10월, 《가디언》의 피터 브래드

쇼는 영화사상 최고의 코미디 영화를 논하는 지면에서 「애니 홀」의 미덕을 각인시킨다. "본래 이 영화 제목이 심리적으로 즐거움이나 행복을 느낄 수 없는 상태를 뜻하는 '쾌락불감증(Anhedonia)'이었다는 사실 자체도 하나의 전설이다. 결국 이 영화는 모든 이에게 커다란 즐거움과 행복을 주었기 때문이다. 그러면서도 이 영화는 우디 앨런이 죽음에 깊이 빠져 있다는 점을 알려 준다. 다시 말해, 삶은 얼마나 덧없는 것인가! 얼마나 많은 우연에 좌우되는가! 언제나 끝이 다가오고 있다는 생각만으로 얼마나 어둡고 우울한가! 이런 속성들이 깔려 있다." 그러면서 "「애니 홀」에서 가장 진지한 무게의 추는 바로 사랑의 유한성에 있다."고 지적하는데, 이는 근본적으로 이 영화가 사랑과 삶의 본질에 대한 이야기임을 시사한다.

그런데 마흔을 훌쩍 넘긴 시점에 이 영화를 다시 보면서 나는 속절없이 웃기도 하고 쓸쓸해하기도 하고, 무엇보다 그 웃음과 수다 아래에 깔린 슬픔과 상처가 거슬리지 않았다. 아니, 더 솔직히 말하자면 그냥 그 모습 그대로 이해되었다. 비평가의 지적대로 그것이 "연출가이자 작가로서 성숙해진 우디 앨런의 스타일" 때문인가, 아니면 앨비의 대사처럼 나도 마흔을 넘기면서 삶에서 뭔가 다른 스타일을 보고 있기 때문인가.

좀 더 나아가자면, 이런 영향도 결국 「애니 홀」이 본래 갖고 있던 성격에 기인한다. 우디 앨런 스타일은 특정 공간과 시대와 계층에게만 어필할 것 같다는 선입견은 「애니 홀」에서 보기 좋게 깨진다. 1977년 개봉 당시, 《타임》의 리처드 쉬켈은 이 작품의 보편성을 이렇게 평가한다. "우디 앨런이 들려주는 이야기가 개인적인 것이라 할지라도, 「애니 홀」이 이전 작품이나 최근 코미디 영화와 차별화되는 지점은 바로 총체적 개연성에 있다. 영화 속 중심인물들과 그들을 지나치는 모든 인물들은 우리 시대에 모두 만날 수 있는 유형이다. 우리 대부분은 그들의 판타지와 많은 부분 공유하며, 그들이 사는 세상이 곧 우리가 사는 세상이다." 그래서 《버라이어티》의 조셉 맥브라이드가 지적했듯이 "우리는 영화가 진행되면서 앨비와 애니라는 두 캐릭터를 사랑하게 된다. 둘이 이별하고 각자의 행복을 찾아 나서는 것까지 존중해 줄 정도로 두 사람을 사랑하게 되는 것이다."

실연과 실수,
사랑의 본질

김영민은 『사랑, 그 환상의 물매』에서 사랑의 본질을 이렇게 지적한다.

"포퍼식으로 말하자면, 오히려 실연이 사랑의 본질이다.

우리가 사랑에 대해서 배울 수 있는 유일한 기회는 실연이라는 사랑의 현실뿐이기 때문이다. …… 참여하는 것은 곧 실수하는 것이긴 하지만, 실수하지 않고서는 사랑의 문턱에도 닿을 수 없기 때문이다. …… 사랑은 사랑을 (못) 하면서 배울 수밖에 없다. 그리고 현실 속의 사랑은 오직 사랑의 실수밖에 없다."

앨비 또한 마지막 내레이션을 통해 이 점을 인정한다.

"남녀관계도 그런 것 같아요. 비이성적이고 광적이고 모순투성이지만, 그럼에도 그 사랑을 계속할 것 같아요."

어쩌면 이 사소하지만 끈질긴 깨달음은 신이 유한한 인간에게 새겨 놓은 심리적 유전자인 것만 같다. 실연의 경제학은 결국 인간의 유한성이 빚어내는 아이러니의 총아인 셈이다. 데이비드 호킨스도 『치유와 회복』에서 다음과 같이 지적함으로써 그 아이러니를 하나의 섭리처럼 확인해 준다.

"경험을 통과할 때 개인적인 나보다 더욱 큰 어떤 것을 체험하지 못하면, 결국은 제한과 어떤 장애를 갖게 된다. 그렇게 되면 특정한 지점 이상으로는 나아가지 못하고 참여의 의지도 제한된다. 이런 사람은 아마 이렇게 말할 것이다. '그런 경험에 다시 직면하느니 차라리 그냥 제한된 삶을 살아갈래. 사랑했다가 잃어버리느니 다시는 사랑을 안 할 거야.' 그러나 '사랑했다가 잃어버리는 편이 아예 사랑을 안 하는 것보다는 낫다.' 사랑의 경험은 우리 안의 제한적이고 작은 나보다 더욱 위대한 큰나와 만나게 해 주기 때문이다."

빛과 그림자,
예술의 스타일

「애니 홀」의 성공에는 당연히 영화의 기술적 스타일도 한몫을 한다. 1977년 개봉 당시, 《뉴욕 타임스》의 빈센트 캔비는 특히나 "다른 감독은 알아채지 못하는 다이앤 키튼의 아름다움과 그 정서의 뿌리를 이 영화의 카메라는 찾아낸다."고 지적한 바 있다. 이 평가에 공감하듯 개봉 당시 《할리우드 리포터》의 아서 나이트도 독보적인 비유를 들어 영화의 미학을 전달한다. "카메라 감독 고든 윌리스는 이 영화의 모든 장면에 클래식한 시선을 던진다. 말하자면 영화 속 브루클린과 맨해튼 이스트에서는 마치 요하네스 페르메이르가 그림을 그리고 있는 것만 같고, 로스앤젤레스에서는 마네의 손길이 스쳐 간 것 같다." 페르메이르와 마네. 빛과 색채의 예술가로 불리는 두 화가의 클래식한 스타일과 영화 「애니 홀」이라니!

두 사람이 처음 테니스장에서 만나 애니의 집으로 이동하여 옥상 정원에서 투명한 와인을 마시는 장면을 기억하는가. 빛이 여울져 가는 시간이 아니었음에도 두 사람의 대화는 마음의 빛과 그림자를 왕래했고, 감독은 심중의 소리와 겉으로 드러나는 말을 함께 노출시킨다. 절묘하게도 그 대화의 주제는 바로 사진이다.

> 앨비: 사진 작업은 재미있어요. 새로운 예술 형식이라 아직 미적 기준이 형성되지 않았죠.
> 애니: 어떤 게 좋은 사진인가, 그런 기준 말이죠?
> 앨비: 사진이란 매체가 예술로 자리매김하는 거죠.
> 애니: 전 그냥 본능적으로 작업해요. 생각은 많이 하지 않고, 감각으로 하죠.
> 앨비: 그래도 그 사진을 사회적 관점에 투영할 수 있는 미적 기준이 필요해요.

흥미로운 이 대화 속에 사진 대신 '영화'를 넣으면 어떠할까? 기실 사진과 영화는 궁극적으로 '빛'에서 출발한다. 어쩌면 사진과 영화는 삶의 순간에 저마다의 의미를 부여하고 시간이라는 한계를 뛰어넘으려는 유한한 인간이 부리는 몸짓의 결과다.

앙리 카르티에 브레송의 묘비에는 이렇게 적혀 있다. "세월은 어김없이 흘러서, 오직 우리의 죽음만이 붙잡을 수 있을 따름이다. 사진은 영원을 밝혀 준 바로 그 순간을 영원히 포획하는 단두대다." 마침 이 대화 직전에 앨비는 애니의 책장에서 실비아 플라스의 시집 『에어리얼』을 꺼내 들어 비극적 죽음과 낭만을 언급한다. 절묘하게도 플라스의 시 「에어리얼」은 이렇게 시작한다. "암흑 속에서의 정지(Stasis in darkness)."

브루클린에서의
40년

또한 「애니 홀」은 주인공 앨비와 애니를 연기한 배우 우디 앨런과 다이앤 키튼의 승리다. 《할리우드 리포트》의 아서 나이트는 이렇게 말한다. "영화 속 그 어느 것도 현실에서는 일어날 것 같지 않은데, 실제 그런 일이 벌어진다는 사실과 그 모든 상황에서 우리의 감정이 끊임없이 분리된다는 것을 「애니 홀」은 보여 준다. 여기에 우디 앨런이 특유의 지적인 유머를 제공

하고, 무엇보다 다이앤 키튼은 그 모든 일들이 정말 그럴듯하게 보이게 만드는 매력, 따스함, 자연스러움을 선사한다. 그녀는 우리 세대 가장 완벽한 배우임이 틀림없다."

다이앤 키튼의 자연스럽고 따스한 매력은 「사랑할 때 버려야 할 아까운 것들」(2003)에서 다시 볼 수 있으며, 무엇보다 최근 모건 프리먼과 함께한 「브루클린의 멋진 주말」(2014)에서 화사하게 피어난다. 고백하건대, 영화 「브루클린의 멋진 주말」을 보았다면 더 이상 「애니 홀」을 홀로 이야기할 수 없게 될지도 모른다. 이 영화의 원제는 주인공 이름 그대로 「루스와 알렉스(Ruth and Alex)」다. 이 제목을 보는 순간 「애니 홀」이라는 제목이 가진 여백이 무엇인지 비로소 알게 되었다. 더구나 지금까지 우리가 논했던 빛과 그림자, 실연과 실수 등의 키워드 앞에서 두 영화는 마치 서로의 세월을 이어 주는 각주와 미주 같은 존재로 느껴진다. 두 영화는 공교롭게도 약 93분 동안의 동일한 러닝타임을 갖고 있다.

「애니 홀」에서 어릴 적 가난하고 우울한 앨비가 살았던 브루클린은 「브루클린의 멋진 주말」에서 고집쟁이 화가 알렉스와 그를 사랑하는 루스가 살아온 곳으로 나온다. 루스와 알렉스는 이곳에서 40년을 살아왔다. 무엇보다 넓은 창으로 빛이 환하게 들어오는 전망 좋은 방에서 알렉스는 평생 그림을 그리고 있다. 루스는 "우리가 함께 40년을 살았는데 내가 당신을 모를 줄 알아."라고 말하며 팔리지 않는 그림을 그리는 알렉스의 '예술가적 성격'을 보듬고 살아간다.

과연 「애니 홀」의 애니와 앨비가 그 후로 어떻게 살았을까, 라는 아련한 궁금함이 있었다면 「브루클린의 멋진 주말」에서 주름진 미소가 눈부시게 아름다운 루스와 알렉스가 사는 모습을 보며 작은 위안을 얻을 수 있을 것이다. 처음 화가와 모델로 만났던 날부터 지금까지 알렉스는 루스의 모습을 캔버스에 담고 있다. 빛을 받은 그녀의 초상 위에는 그 빛보다 더 환한 루스의 미소가 가득하다. 40대의 애니와 앨비가 그냥 그 모습 그대로 이해가 되었다면, 60대의 루스와 알렉스는 아직 가지 못한 그 시간 속에서 그냥 그 모습 그대로 아름답다.

사랑과 시간의
연기

그랬다. 어둠 속에서 스크린이라는 빛을 통해서 영화를 보고 있을 때면 영화 속 시간과 공간에 매이거나 인물이나 사건의 흐름에 전이되어 현실의 내가 처한 이러저러한 고민과 상황들을 잠시 잊어버리곤 한다. 그러다 엔딩 크레디트가 올라가기도 전에 별안간 영화관 조명이 밝혀지면서 잠시 딴 길을 가려던 현실의 감각이 금세 살아 돌아오는 경험을 누구나 한 번쯤 해 봤을 것이다. 「애니 홀」은 우리 머리와 심장이 견딜 수 있는 한도까지 영화와 현실, 빛과 어둠, 청춘과 황혼의 극명한 대비를 보이지 않게 깔아 놓았던 것 같다. 결국 빛의 스펙트럼은 어둠을 배경으로 생명력을 이어 가고 삶의 프리즘은 시간을 통과하면서 그 생명력을 줄여 나간다. 그렇다면 지금 나는 어디에 서 있을까. 영화 속 인물이 아니라 현실 속 인간은 무엇을 선택할 수 있을까.

어쩌면 인간의 유한한 운명을 깨뜨리는 건 정말로 사랑 그것뿐인지 모르겠다. 삶의 무대에서 우리는 끝없이 실연(失戀)을 연기(演技)하며 유한한 시간을 겨우 연기(延期)하며 살아간다. 결국 시간과 사랑은 우리 삶에서 영원히 연기(連記)할 수밖에 없음을! 회상하건대, 런던의 어느 모서리, 고흐의 자화상 앞에서 마음을 찔린 채 허물어진 내 모습은 기실 삶의 여정에서 어느 한 순간 빛을 잃고 청맹과니가 되어 버린 나의 그림자를 보았기 때문이었음도, 이젠 알겠다.

여기, 우리가 서 있는 곳

2017년 노벨 문학상 수상자로 가즈오 이시구로가 발표되었을 때, 내 머릿속에 가장 먼저 떠오른 것은 바로 '안개빛'이었다. 『남아 있는 나날』의 스티븐스가 솔즈베리에서 맞는 둘째 날 새벽. 커튼 사이로 둘러본 바깥은 여전히 "어슴푸레하기만 했고 …… 짙은 안개가 강에서 피어오른다." 이시구로의 작품에는 도통 안개 같은 인간의 삶과 마음의 행로를 '새벽빛' 같은 문장으로 건져 올리기 위해 오래도록 고민한 흔적으로 가득 차 있다. 어쩌면 그의 소설은 어디선가 멀리서 살며시 다가와 내 마음을 들여다보는 가을을 닮았다.

영화 「카사블랑카」(1942)의 마지막 장면도 새벽의 안개로 가득하다. 실제로 모로코의 공항에 그렇게 안개가 끼는 일은 없었겠지만, 촬영 당시 모형으로 제작한 비행기 상태를 최대한 숨겨야 했던 연출가와 제작자의 고심이 낳은 풍경이었다. 하지만 안개 속으로 걸어가는 일자(잉그리드 버그먼)의 뒷모습을 하염없이 바라보는 릭(험프리 보가트)의 주름 깊은 표정을 보노라면, 그 안개는 그저 대기에 떠다니는 작은 물방울이 아니라 릭의 가슴 속 지표면에 붙어 응결된 마음의 현상이다.

세월의 무게에도
퇴색되지 않는 감성

1942년 11월 26일 개봉 당시, 《뉴욕 타임스》 리뷰에서 보슬리 크라우더는 "팽팽한 긴장이 감도는 멜로드라마와 예측 불허의 플롯 안에서 일어나는 복잡한 감정과 유머와 페이소스. 영화는 흥미와 감동을 동시에 안겨 주며 올해 가장 예리하고 강렬한 작품"이라고 평가했다. 「카사블랑카」라는 이국적인 도시의 이름을 그대로 제목으로 차용한 이 작품의 성공 요인은 단연 이야기와 연기였다. 이는 영화가 나온 이후 수많은 비평가들이 한결같이 동의하는 지점이다. 《할리우드 리포터》는 개봉 후 열흘이 지난 1942년 12월 8일 리뷰에서 "더 멋진 조합을 상상할 수 없을 정도로 완벽한 연기"라고 찬사를 보냈고, 크라우더도 "모든 배우의 연기가 최고였으며, 특히 주연 보가트와 버그만은 일등공신"이라고 호평했다.

20세기 후반과 21세기에 들어와서도 「카사블랑카」를 바라보는 비평가의 눈빛은 변하지 않았다. 로저 에버트는 1996년 리뷰에서 "아무리 세월이 흘러도, 보고 또 보아도 이 영화는 언제나 새롭다. 너무도 좋아하는 음반을 매번 들어도 새로운 것처럼 이렇듯 알면 알수록 더 좋아지다니! 이 흑백영화는 세월의 무게에도 결코 바래지 않는다."고 노래했고, 2012년 《가디언》의 피터 브래드쇼는 "70년이 지났어도 여전히 마음을 사로잡을 만큼 강렬하다."고 고백했다. 2016년 「텔레그래프」의 셰일라 존스턴은 이렇게 밝혔다. "「카사블랑카」에는 잊을 수 없는 음악과 슬프고도 아름다운 감성이 있으며, 또 하나 멋진 모자가 있다. 남녀 주인공이 모자를 더 이상 쓰지 않게 된 이후로, 로맨스 영화는 결코 예전과 같은 멋을 선사하지 못했다. 그러니 이 영화는 다시, 또다시 스크린의 빛으로 켜야 할 작품이다."

그들은 어디에
있어야 할까?

「카사블랑카」가 펼쳐지는 100여 분 동안 과연 우리는 어디에 서 있을까? 둘리 윌슨의 피아노 반주에 맞춰 아련하게 흐르는 노래 속에 있을까? 아니면 잉그리드 버그먼의 물기 어린 두 눈 속에 있을까? 그도 아니면 험프리 보가트의 한숨 서린 담배 연기를 따라 있을까? 이는 영화 속 일자와 릭도 벗어날 수 없는 물음이다. 기실 이 물음은 그들의 사랑과 존재의 의미를 캐묻고 있다. 그렇다면 그들은 어디에 있어야 할까?

릭: 우리 둘 다 마음속으로는 당신이 빅터의 사람이라는 걸 알아. 당신은 그가 하는 일의 일부이고 그를 지속시키는 힘이야. 비행기가 이륙했는데 당신이 그와 함께 있지 않다면 분명 후회할 거야. 물론 오늘, 내일은 아닐 수도 있겠지. 하지만 곧, 그리고 평생을 후회하게 될 거야.

일자: 그럼, 우리는요?

릭: 우리에겐 파리에서의 추억이 있잖아. 우린 그걸 갖고 있어. 당신이 여기에 오기 전까지는 그 사실을 잊고 있었지. 하지만 어젯밤에 되찾았어.

일자: 내가 다시 당신을 떠나지 않겠다고 했을 때 말이군요.

릭: 당신이 떠나지 않을 거라는 걸 알아. 하지만 나 역시 할 일이 있어. 하지만 내가 가는 곳에 당신은 못 따라와. 당신은 내가 하는 일의 일부가 될 수 없어. 난 고상한 일

을 하는 데 익숙하지 않거든. 하지만 이것 하나만은 알아. 이 미친 세상에서 우리 세 사람의 문제는 그다지 중요한 게 아니란 걸. 언젠가 당신도 이해하게 될 거야.

안개 가득한 공항, 리스본행 비행기 앞에서 이 짧은 순간, 두 연인은 과거와 현재와 미래를 속삭인다. 과거를 되찾고, 현재를 살리고, 미래를 밝히는 결심과 약속. 남자는 전날 밤, 여자가 던진 "우리 둘을 위해, 모두를 위해 무엇이 좋을지 생각해 줘요."라는 잔인한 호명에 그의 모든 시간을 던져 버린 것이다.

목숨, 아니 목숨 같은 사랑을 기꺼이 내려놓게 만드는 이 궁극의 역설은 무엇일까? 이 또한 그들은 어디에 있어야 할까, 라는 존재와 사랑의 의미를 찾으려는 질문과 다르지 않다. 아련한 음악과 대사, 뼈아픈 사랑 앞에서 다들 잠시 잊고 있었거나 인식하지 못했을지도 모를 한 가지 엄중한 사실이 있다. 이 영화 속 배경은 바로 1941년 12월이며, 뉴욕에서 첫 개봉한 날은 1942년 11월이다. 세계사에서 1941년 12월은 2차 대전 중 일본이 진주만을 기습하고 미국이 대일 선전포고로 마침내 참전하게 되는 시점이다. 앞서 존스턴은 《텔레그래프》 리뷰에서 이 사실을 환기하며 서두를 꺼낸다. "그때는 도덕적 확실성의 시대였다. 테러리스트가 나치의 표식을 달고 다니던 그 시절, 미국은 전 세계에서 그들을 상대로 싸우고 있었으며 개개인의 용기 있는 행동은 역사의 경로를 바꿀 수 있었다." 그래서 릭은 "이 미친 세상에서 우리 세 사람의 문제는 그다지 중요한 게 아니라고" 말하면서 일자를 보낸다.

거역할 수 없는 이 현실 앞에서 일자는 가눌 수 없는 사랑과 신념의 고통으로 어느 순간, 릭에게 총을 겨눈다. 말하자면 릭과 일자는 2차 대전이라는 거대한 배경 속에서 그들만의 피할 수 없는 작은 전쟁을 치르게 된다. 신화의 흔적으로 볼 때, 전쟁의 신 마르스가 휘두르는 이 격렬한 시절은 오히려 사랑의 여신 비너스와의 역설적 미학을 건너뜔 수가 없다. 둘의 만남이 그러하고, 권총과 눈물이 동시에 클로즈업되는 이 장면이 그러하다. 일자의 권총은 야만적이고 격렬한 마르스의 것, 그녀의 눈물은 연약하고 은밀한 비너스의 것. 돌이켜보면 그 기원부터 릭에게 일자는 마르스와 비너스를 동시에 품은 존재였으며, 결국 그들은 철저히 욕망과 약속을 가로지르는 지점에서 만나게 된다. 이 장면에서 문득 외람되게도 이 구절이 스쳐 지나간다.

"당신을 쏘려는
총알은 내 몸을
지나야 하리."

— 존 버거, 『여기, 우리가 만나는 곳』

릭의 삶에 총알처럼 박혀 그토록 피하고 싶었던, 실은 잃어버린 사랑의 유물이었던 주제가 「세월이 흘러가면(As Time goes by)」의 의미는 말갛게 드러나지 않았던가. 역설적이지만 사랑과 상처는 결국 음악과 총알이 지닌 순수한 질료의 분자 속에서 마구 흩어져 간다. 그 본질을 포착한 존 버거의 문장이 안개 낀 공항의 엷은 불빛 아래로 길게 그림자를 드리운다.

> "음악이 찾는 것은 욕망의 순수함, 갈망과 약속의 중간에 놓인 어떤 것이었다. 삶의 가혹함을 견뎌낼 수 있다는 — 또는 어떤 식으로는 이겨낼 수 있다는 — 위안의 약속. …… 클라리넷의 목소리는 우주 공간에 가 닿았고, 음악은 상처의 피를 멎게 해 주는 순수함을 성취했다."
>
> — 존 버거, 『여기, 우리가 만나는 곳』

부재로만 채워진,
내 것이 없는 사랑

물론 시간을 상대로 결코 이길 수 없는 인간이 후회하지 않는 절대적 선택이란 이 세상에 존재하지 않는다. 본래 인간의 에고는 소위 '내 것'을 성취하려는 욕망을 향해 끊임없이 도전한다. "어쩌면 내 것이 되었을지도 모를"에 담긴 회한은 이 세상 모든 영화와 소설 속 사랑과 이별로 눈물을 부르는 이야기에서 빠지지 않는다. 마음, 그 이중의 굴레. 데이비드 호킨스는 『나의 눈』에서 이 마음을 통한 길이 얼마나 부질없는 일인지 알려 준다.

"에고가 허영심으로 생각을 '내 것'으로 분류하기 때문에 우리는 생각에 집착하는 경향이 있다. 이것은, '내 것'이라는 생각이 달라붙자마자 어떤 대상에 자동적으로 가치나 중요성을 보태곤 하는 소유의 망상이다. 일단 '내 것'이라는 접두사에 의해 한 생각의 가치가 높아질 경우, 그것은 이제 독재자와 같은 역할을 맡고 사고패턴을 지배하는 경향이 있으며, 그런 패턴을 자동적으로 왜곡한다. 사실 사람들은 대부분 자신의 마음을 두려워하고 그에 대한 두려움 속에서 산다. 마음은 예고도 없이 아무 때나 갑작스러운 두려움, 후회, 죄의식, 자책, 기억들로 내면의 평화를 깨뜨릴 수 있다."

교묘하게도 영화 「카사블랑카」는 본질적으로 개별 존재에게 속한 이런 두려움과 자책의 기억들을 2차 대전이라는 거대 시공간 속에 배치함으로써 에고가 망상에 빠질 수 있는 여지를 최소한으로 방어하고 결국 차단하는 데 성공한다. 그 결과,

관객은 일자와 릭의 가슴 속 가장 밑바닥에 가라앉아 있던 집착과 소유의 아우성을 애써 외면할 수 있게 된다. 그렇게 듣지 못한 아우성은 낭만의 소음으로 포장된 "우리에겐 파리의 추억이 있잖아. 당신 눈동자에 건배를!"이라는 보통의 대사로 전환되어 하마터면 에고의 수렁에 빠질 뻔한 이 영화를 온전히 거두어 올리는 탈에고의 화신으로 남게 되었다.

맥락은 조금 다르지만, 앞서 새벽 안개빛으로 영화의 엔딩을 일깨워 준 소설 『남아 있는 나날』도 가장 안전한 수준에서 남녀 주인공이 두려움과 자책으로 얼룩진 에고를 살며시 드러낸다. 바로 편지와 믿을 수 없는 1인칭 화자의 서술이라는 문학적 기법이었다.

"'내 인생에서 얼마나 끔찍한 실수를 저질렀던가.' 하고 자책하게 되는 순간들 말입니다. 그럴 때면 …… 어쩌면 내 것이 되었을지도 모를 '더 나은' 삶을 생각하게 되지요. 이를테면 스티븐스 씨 당신과 함께했을 수도 있는 삶을 상상하곤 한답니다. …… 하긴, 이제 와서 시간을 거꾸로 돌릴 방법도 없으니까요."
"그녀의 말에는, …… 내 마음에 적지 않은 슬픔을 불러일으킬 만한 의미가 함축되어 있었다. …… 실제로 그 순간, 내 가슴은 갈기갈기 찢기고 있었다."

순간, 시공간이 바뀌어 카사블랑카에 서 있는 켄턴과 스티븐스, 그리고 런던에 서 있는 일자와 릭이 스쳐 간다. 그리고 가 본 적 없는 카사블랑카와 가 본 적 있는 런던에서 침묵 중인 저마다의 사연들이 불쑥 머리를 내민다. 부재로만 채워지는 사랑, 떠나야만 완성되는 사랑. 어쩌면 마르스와 비너스의 역설적 미학보다 더 흥미로운 것은 심리적 공간의 문제다. 결국 영화와 문학은 우리의 에고가 어디쯤에서 돌부리에 걸려 넘어져 처량하게 울고 있는지 고자질하는 이정표인 셈이다. 물론 그 표식은 영원하지 않으며, 더구나 그 경로를 끝으로 길이 멈춘 것도 아니다. 언제든 우리는 또다시 길을 나선다. 기꺼이 영화를 보고, 소설을 읽고, 나의 심장을 꺼내 놓는다. 설령 그 길이 내 것이 없는 행로라 할지라도 나의 시간은 계속될 수밖에 없다. 나를 규정짓는 단 하나의 진리, 삶의 유한함은 결코 사라지지 않기 때문이다.

우리는 어디에
있어야 할까

그렇다면 우리는 도대체 '어디에 있어야 할까?'라는 실존의 물음은 곧 '삶은 무엇이며 사랑은 무엇인가'라는 질문에 대한 대답이 될 것이다. 또다시 '시간의 길 위에 당신은 어떤 흔적을 남기겠는가?'라는 물음이다. 사는 동안 언제든 안개 짙은 저곳으로 계속 가야 한다면, 어쩌면 스스로를 살리기 위해 초록을 흙빛으로 바꾸어 잎을 죄다 떨어뜨리는 숙살지기(肅殺之氣)의 계절처럼 우리도 나름의 흔적을 마련해야 할 것 같다는 고민이 이만큼 불쑥 다가온다.

　　여기, 우리가 서 있는 이곳에 어스름이 깔리고 마음의 밤이 깊어 간다. 책상 위를 물끄러미 바라보니 아직 다 읽지 못한 책들이 외려 가만히 나를 응시한다. 미지의 페이지들 사이로 벌써부터 마음의 잔영이 우수수 떨어진다. 늘 그랬듯이 계절은 서로 다른 빛깔을 다투며 숨겨진 삶의 결을 보여 주곤 했다. 그럴 때마다 나를 말갛게 들여다보는 그들 앞에 속절없이 책장을 펼쳤다. 그리고 가 버린 시간과 다가올 모든 시간을 애도하듯 미덥지 못한 오래된 책갈피를 다시 꽂았다. 그런데 오늘은 내 심장이 붉게 해묵은 고백과 항복을 풀어놓는다. 그래, 올해도 어김없이 봄은 또 오는 것인가. 때마다 나를 붙잡는 겨울의 끝자락이 내 심장을 가리키며 이렇게 묻는다. 봄은 오는데, 꽃은 피는데, 그런데 너는 어디에 있을까? 대체 우리는 어디에 있어야 할까?

해가 비치건,
비가 내리건!

시애틀의 잠 못 이루는 밤
Sleepless in Seattle 350

오늘처럼 파란 하늘 아래 금빛 햇살이 건물 유리창을 화사하게 수놓는 도시의 주말이면 이런 생각이 절로 든다. '아, 산다는 건 또 이렇게 눈부실 때도 있지.' 이 환한 기분에 호응하며 거리낌 없이 오후에 둘러싸여 오늘 내게 주어진 이 친밀한 시간을 내 삶 속으로 들여오고 싶다. 발끝을 가볍게 부딪치며 걷다가 이내 조금씩 속도가 느려진다. '아, 하지만 어제는 비가 흩뿌렸고 오늘도 여전히 바람은 세차게 불고 있지. 산다는 건 또 이렇게 나를 여기로 데려가는군.' 어쩌면 화사한 날이면 흐린 날이 더욱더 선명하게 다가오는 걸까. 1990년대 초반 영화 「시애틀의 잠 못 이루는 밤」(1993)에 나오는 여주인공 애니 리드의 대사처럼 "이게 다 영화를 많이 본 탓인가."

사랑의
용기

UC 산타크루즈의 사회학자 마샤 밀만은 『이제, 사랑을 선택하라』(2002)에서 우리 인간이 살아가면서 겪는 사랑의 유형을 7가지로 분류하고 10년간의 개별 인터뷰 자료, 영화, 소설, 회고록 등을 통해 그 속성을 설명한다. 그 7가지 중 가장 마지막으로 제시한 유형은 바로 "사랑의 용기"를 키워드로 내세운다. 이에 밀만은 "이 이야기는 우리 모두에게 해당되며 아마도 가장 보편적으로 사랑받는 시나리오일 것이다. 이 사랑의 이야기는 사랑의 약속을 감행할 용기를 가지라고, 사랑은 어떠한 두려움, 이별과 장애물에도 끄떡하지 않을 것이라는 믿음을 가지라고 말해 준다."고 설명한다. 덧붙여 이를 가장 잘 보여 주는 사례로 영화 캐리 그랜트와 데보라 커 주연의 「어페어 투 리멤버」(1957)와 「시애틀의 잠 못 이루는 밤」을 언급한다.

흥미롭게도 「시애틀의 잠 못 이루는 밤」은 「어페어 투 리멤버」의 영상과 대사를 곳곳에 배치하면서 영화 전체의 구조, 주제, 인물 설정을 통하여 바로 그 영화가 누렸던 1950년대 멜로드라마의 감성을 1990년대에 되살리고자 한다. 물론 요즘 사람들은 캐리 그랜트와 데보라 커의 영화보다 1994년 아네트 베닝과 워렌 비티 주연의 「러브 어페어」를 더 많이 기억하고,

그 영화의 영상과 음악을 더욱 즐겨 보고 들었을 것이다. 한데 뜻하지 않게 21세기 이 시점에서 다시 이들 영화를 떠올리는 것은 단지 그 영화 자체를 기억하는 게 아니라, 필연적으로 그 영화와 함께했던 나의 지난 시간들을 회상하는 일이 되고 만다.

영화 속, 애니(맥 라이언)가 폐장 시간에 급히 도착해 "여기서 누군가를 꼭 만나야 해요."라고 애원하자, 엠파이어스테이트 빌딩 전망대의 백발 경비원들이 "아, 캐리 그랜트!"라고 응수하는 그 짤막한 대답 속에 스치는 아련함을 '추억'과 '그리움' 말고 다른 무엇으로 부를 수 있을까. 사실 우리는 영화의 처음부터 샘(톰 행크스)과 애니가 결합할 것임을, 그리고 중반 무렵부터는 엠파이어스테이트 빌딩에서 '우연'처럼 만나게 되리라는 것을 이미 짐작하고 있다. 그럼에도 이 영화를 끝까지 놓지 못하는 것은, 그 이야기 속에서 지나간 시절의 내 모습이 지나가고, 내 기쁨과 슬픔이 스쳐 가고, 내 젊은 날의 사랑스러운 기억들이 되살아나기 때문이다.

그런 맥락에서 이 영화의 미덕은 '거리(두기)'에 있다. 미국 동서를 횡단하여 무려 26개를 주를 지나야 하는 시애틀과 볼티모어라는 공간 속에서 라디오 프로그램과 편지라는 풋풋한 아날로그 매체가 유일하게 두 사람을 이어 준다. 두 사람이 직접 만나는 장면은 단 세 번뿐이다. 시애틀 공항에 내린 애니를 보고 샘이 눈길을 떼지 못하는 장면, 도로를 사이에 두고 서로 "안

녕하세요."라고 인사하던 장면, 그리고 마침내 영화가 끝나기 2분 전에야 서로 만나게 되는 로맨틱 무비라니! 표면적으로는 아들 조나의 행동으로 이 상황이 전개된 것 같지만, 기실 그들 사이에 놓인 물리적 거리를 좁혀 가는 것은 주인공 애니의 마음이다. 그녀는 마음의 소리에 귀 기울이고 시애틀까지 날아가기도 했으며, 마침내 약혼을 깰 정도로 과감한 결심을 한다. 이런 일련의 과정을 세상 사람들은 '용기'라고 부른다.

1993년 6월 개봉 당시, 평론가 로저 에버트는 이에 대해 "1940~50년대 멜로드라마처럼 연인들이 가까워질 듯 좀처럼 가까워지지 못하는" 모습으로 연출된 효과를 상기시킨다고 했다. 앞서 마샤 밀만도 이런 유형의 사랑이 '사랑의 용기'에 대한 이야기라고 말한 바 있다. 1957년의 데보라 커와 1994년의 아네트 베닝은 상대가 "동정심이나 죄책감 때문에 자신과 결합하게 될까 봐 두려워했다." 그러나 그들은 그 두려움에 앞서서 이미 "인생 경로를 바꾸었고, 혼자 힘으로 사고를 처리하며 고난을 이겨 냈고, 무엇보다 사랑에 대한 믿음을 잃지 않았다." 마샤 밀만은 이것이 바로 두려움을 이겨 낸 '용기'라고 했다.

데이비드 호킨스의 척도에 의하면 '용기'의 의식 측정 수준은 200으로 "에너지가 부정에서 긍정으로 바뀌는 결정적인 지점이다." 『놓아 버림』에 따르면, "용기의 수준에서는 사랑의 능력이 한결 더 강해진다. 그 능력에는 타인을 지지하고 격려

할 힘이 있어서 타인의 긍정적이고 건설적인 면에 힘을 보태 준다. 그들이 성장하면서 더욱 행복해지는 모습을 보는 즐거움이 생긴다. 또한 타인을 돕는 내면의 능력이 한층 더 강해질 수도 있다." 용기는 나에게서 타인에게로 확장하여 서로를 성장시키는 힘이다. 이 경우, 타인은 나의 마음을 결정하는 무의식적 타자이기도 하고, 비록 함께 있지 못하지만 사랑의 대상으로 믿고 있는 현실의 타인이기도 하다.

데이비드 호킨스는 영화 「시애틀의 잠 못 이루는 밤」의 의식 측정 수준을 용기의 수준 200보다 훨씬 높은 350으로 제시한다. 350은 '받아들임' 혹은 '수용'의 수준이다. 호킨스는 『놓아 버림』에서 이렇게 밝혔다.

"받아들임의 수준에서는 (나의) 뜻대로 현재에 존재할 수 있다. 자신의 참된 본질을 받아들이고 세상에 반영된 우주의 작동방식도 그대로 받아들이고 나면, 더 이상 과거를 후회하지 않고 미래를 두려워하지 않는다. 과거가 치유되었을 때 미래에 대한 공포는 더 이상 존재하지 않는다. 죄책감과 공포, 분노 같은 낮은 에너지를 놓아 버리면 과거의 무게가 가벼워지고 미래의 구름이 걷힌다. 낙관적으로 오늘을 맞이하고 살아 있음에 감사를 느낀다. 과거는 끝났고 미래는 아직 오지 않았으니 우리에겐 오늘만 존재함을 안다. …… 받아들임의 의식 수준은 우리 모두가 간절하게 바라는 것이다. 받아들임을 통해 우리는 삶의 문제 대부분에서 벗어나 성취와 행복을 경험할 수 있기 때문이다."

우리가 영화에서
지난 세월과 기억을 볼 때

개봉 당시, 《뉴욕 타임스》의 빈센트 캔비는 "캐리 그랜트와 데보라 커 같은 전설의 아이콘들이 주연했던 당시의 영화는 정녕 삶과 죽음의 문제였고, 정말로 운명이 그 사랑의 결과를 결정하는 것처럼 보였다."고 전제했다. 덧붙여 거기에 비하면 "오늘날의 로맨틱 무비는 얼마나 단순하고 자의식이 강한 이야기인지 알 것 같다."고 하며 맥 라이언과 톰 행크스가 펼치는 이야기는 90년대 유행했던 "시트콤 같은 느낌"이라고 솔직한 평을 내놓기도 했다. 앞에서 언급했듯, 아네트 베닝과 워렌 비티의 「러브 어페어」는 고전의 품격을 잃지 않도록 매우 조심스럽게 리메이크한 영화로 우아한 매력을 품고 있다. 한편, 맥 라이언과 톰 행크스의 「시애틀의 잠 못 이루는 밤」은 이미 많이 "변해 버린 연애와 사랑"의 모습을 대사와 소소한 장면으로 보여 준다. 그들은 아직 편지와 라디오로 사연을 전하지만, 비록 도스 세대 컴퓨터에 지나지 않으나 네트워크를 통해 인적 기록을 검색하거나 비행기 좌석을 예약하며, '티라미수'를 데이트 '잇 아이템'으로 넣어야 하는 시대에 살고 있다.

따라서 1990년대의 연인들은 사랑이 삶과 죽음의 문제가 아니라 더욱 나답게 살아가는 문제로 연애의 판도를 바꾸었으며, 운명의 힘은 마음의 소리에 정직해지는 용기로 치환되었다. 고전의 미학이 모든 난관을 극복하고 승화된 플롯에 서 있다면, 90년대 로맨틱 무비는 오히려 시트콤처럼 언제 어디서든 우연히 발생하는 크고 작은 삶의 한계를 극복하려고 시도한다. 물론 그것조차 캔비의 지적대로 "두 배우가 만들어 낸 캐릭터의 승리이자 에프런 감독의 너무도 노련한 영화 OST 사운드트랙"에 많은 빚을 진 것은 부인할 수 없는 사실이다. 그런 맥락에서 《롤링스톤》의 피터 트래버스는 "이 영화를 감상하기 위해 관객들이 반드시 캐리 그랜트와 데보라 커의 옛 영화를 알 필요는 없다. 각자 감성의 버튼을 눌렀던 영화라면 뭐든 괜찮다."고 말한다. 오히려 이런 감각은 사랑의 순간을 놓치지 않고 온전히 현실에 머물며 사랑을 이루려는 변화로 이어진다.

오프닝 타이틀이 끝나고 영화의 시작 부분에서 흐르는 음악 「세월이 흘러가면(As Time Goes By)」이 전쟁과 레지스탕스, 탈출과 머무름이라는 절박한 시간 속에서 귓가를 울리던 잉그리드 버그먼의 낮은 목소리가 아니라는 사실에 약간의 배신감이 밀려오는 건 어쩔 수 없다. 그러나 1942년 카사블랑카의 연인과 1993년 시애틀의 연인은 분명 다를 터. 「내가 사랑에 빠지면 (When I fall in love)」으로 선명하게 차오르는 셀린 디옹의 목소리가 그 유예된 시간의 간극을 메워 주기에 부족함이 없다. 더구나 2014년 중국 대륙 탕웨이 주연의 영화 「시절인연(時節因緣)」은 시애틀을 배경으로 「시애틀의 잠 못 이루는 밤」 영상을 보여 주면서 여자 주인공이 "(애니처럼) 운명의 사랑을 찾고 싶다."는 대사를 직접 날리며 마침내 맥 라이언과 톰 행크스마저 소박한 역사 속으로 올려놓는다. 영국은 2014년 2월 밸런타인데이에, 우리나라는 2016년 12월 연말에 재개봉하는 등 유럽과 아시아에서 뉴 밀레니엄 직전의 마지막 낭만을 이 정도 추억해 보는 일도 별반 다르지 않다.

앞서 마샤 밀만의 주장처럼 이 영화는 보편적인 사랑의 시나리오를 펼치며, 이 영화를 보면서 결국 보게 되는 것은 우리의 지난 세월과 기억이라고 할 수 있다. 하지만 막상 그렇게 소환된 시간에 담긴 수많은 이야기들이 우리 삶에서 어떤 의미가 있었는지, 어떤 아픔을 주었는지, 어떤 매혹을 선사했는지, 어떤 애잔함을 안겼는지 생각해 보면 난데없이 영화의 감미로움은 현실의 씁쓸함으로 변하기도 한다. 마치 여름날 속절없이 소나기를 맞았을 때처럼 당황스럽고, 겨울날 부질없이 서쪽 하늘로 금세 지는 석양을 볼 때처럼, 무언가 잃어버린 듯한 서글픔을 지울 수가 없다. 영화를 보고 있을 때 샘솟던 영화 속 리얼리티에 대한 관대함은, 영화를 벗어나 영화에서 반영된 우리의 과거와 현실을 바라볼 때면 그만 사라지고 마는 것이다. 그러나 그만 인정해야만 한다. 스크린과 현실의 거리. 이미 그 시간은 지나 버렸고, 이제 우리는 스크린을 나와 "내 삶을 살면서 한계를 극복해야 한다."(『수전 손택의 말』) 사실 영화는 이 섭리를 알려주기 위해 여기까지 왔던 것이다.

삶으로
들어가라

수전 손택은 조너선 콧과 함께 한 인터뷰에서 이렇게 고백한 적 있다.

"당연히 저는, 예술로 재현된 걸 이해할 때보다 제 삶에서 더 편협하고 촌스러워요. 예술에 대해서는 훨씬 보편적이고 차이를 존중하죠. …… 영화나 다른 것들에 대해 생각할 때면 세계를 생각하게 되고, 그러면 어떤 사람들은 이렇게도 살고 또 어떤 사람들은 저렇게도 산다는 생각에 마음이 너무나 편안해지죠."

— 『수전 손택의 말』

「시애틀의 잠 못 이루는 밤」 화면에는 볼티모어에서 시애틀로 향하는 여정의 붉은 점이 찍히는데, 이것이 「시절인연」 오프닝 시퀀스에서는 흥미롭게도 월하노인의 붉은 실로 등장한다. 그 익숙하지만 낯선 인연의 끈. 그 은유. 기실 붉은 인연의 실은 단 한 번도 끊어진 적 없으나, 매번 그 인연이 지나치는 눈물과 아픔을 뿌린 뒤에야 비로소 눈앞에 모습을 드러낸다. 내 뺨의 눈물과 내 목소리의 아픔 뒤에 숨겨진, 아니 달빛 아래 그림자처럼 늘 비추었지만 외면했던 그 서늘한 슬픔과 상처는 결국 내 안에 쌓인 추운 고독을 스스로 녹임으로써 붉은 운명의 실체를 노정한다. 고독의 그을음 아래서는 보이지 않던 인연의 붉은 실은 자아가 정주하던 삶을 건너 용기와 받아들임의 세상으로 들어가서야 비로소 그 존재를 확인할 수 있다. 그래, 삶으로 다시 들어가야겠지. 해가 비치건 비가 내리건!

지도도 나침반도 없이 시간의 풍경이 삶의 발걸음을 은근히 재촉하는 순간에 맞닥뜨릴 때마다 홀로 이런 꿈을 꾼다. 내 젊음의 흑단 같은 머리칼이 소금과 후추가 반반 섞인 상태처럼 되었다가, 더 시간이 흐르고 나면 모조리 은빛으로 변하는 상상을 해 본다. 실은 오래전부터 수전 손택의 은빛 머리칼을 하릴없이 사랑했다. 이제 오른쪽 앞머리를 들추면 은빛 머리카락이 제법 보이기도 하는 시점에 도달하고 보니 오랜 상상이 현실이 될 것만 같아 조금은 두렵고, 또 조금은 설렌다. 아, 그녀처럼 완벽한 은빛 머리칼을 가질 때쯤이면 모든 이의 사랑과 삶을 이야기하고 내 심장이 환하게 열리는 순간을 맞이할 수 있을까. 가끔 자정에 가까이 다가간 한밤, 우리가 신에게서 받은 하루 24시간 중에 서정이 가장 높아지면서 마음의 빗장은 가장 말랑해지는 그 시간. 바로 그런 순간에 심장 한가운데를 장미 가시처럼 불쑥 찌르고 들어오는 낯설고, 아름답고, 고단한 내 삶의 고백 앞에 스르르 무너지는 나를 볼 수 있을까.

4부

밤새 뜬눈으로 잠들었던 새들도
일어나 노래하네

And many little birds make melody
That sleep through all the night with open eyes
— Geoffrey Chaucer, *The Canterbury Tales*

바람의
소리를 들어라!

꿈의 구장
Field of Dreams 390

어제, 오늘 파란 하늘 아래 시선이 갈 수 있는 저곳에서 이곳까지 세상의 모든 사물이 본래 형상을 서로 돋보이려고 앞서 나온 듯 맑고 선명하다. 우연히 한강 변을 지나오니 자전거를 타고, 강아지 산책을 시키고, 공놀이를 하는 등 사람들의 움직임이 보인다. 이런 날이면 저렇게 잔디와 흙을 밟으며 몸을 움직이는 일이 살아 있는 존재의 특별한 권리인 것만 같다.

직접 움직여 운동하는 것보다 다른 사람들이 움직이면서 운동하는 모습을 지켜보는 것을 더 좋아했던 나는 오랫동안 야구팬이었다. 언젠가 야구를 좋아한다는 이야기를 믿지 못하던 누군가가 대뜸 이런 질문으로 시험하기도 했다. "그렇다면 안타를 치지 않고 1루씩 진출하는 방법 세 가지만 말해 보세요."

내심 그런 질문을 던진 상대의 의도가 괘씸하긴 했지만, 오랜만에 불펜에서 몸을 푸는 구원투수 같은 기분으로 가볍게 대답을 했었다.

야구 이야기를 하다 보면 자연스럽게 어느 세대쯤인지 알게 된다. 세계야구선수권대회에서 김재박의 기습번트와 한대화의 홈런을 기억하고, 1990년 LG트윈스 우승을 기억하고, 박찬호가 MLB 올스타전에서 칼 립켄 주니어에게 홈런을 맞던 장면을 기억하고, 월드시리즈 양키스 스타디움에서 핵잠수함 공을 날리던 김병현을 기억하고, 류현진이 다저스 스타디움에서 MLB 데뷔 첫 승리를 올렸던 때를 떠올리고……. 90년대 후반 다저스 시절, 박찬호 경기를 들으려고 눈 비비며 새벽에 라디오를 켰던 기억과 경기가 끝난 후 MLB.com과 ESPN 기사를 찾아보던 기억마저 아스라하다.

아, 야구 이야기 속에 내 지나간 시간이 보이다니 참 놀랍지 않은가. 그 즐거운 기억 속에서 단 하나, 오늘처럼 이렇게 파란 하늘에 좋은 날이면 가끔 잠실야구장에 함께 경기를 보러 갔던 내 오랜 친구가 떠오른다. 지상에서 겨우 서른여섯 해를 보내고 하늘로 간 친구는 두산베어스의 오랜 팬이었다.

야구라는 종교,
그 화해의 성찬식

영화 「꿈의 구장」(1989)은 야구를 매개로 과거를 회복하려는 선한 사람들의 마음이 모인 곳이다. 1989년 4월 개봉 당시 《LA 타임스》 리뷰에서 마이클 월밍턴은 "영화 「꿈의 구장」은 괴짜에 가까운 꿈과 불가능한 재회를 이야기하며, 무엇보다 야구를 세대 간에 이루어지는 성스러운 복원과 화해를 위한 도구, 일종의 미국적 성찬처럼 제시한다."고 말했다. 영화 속 인물은 저마다 야구와 얽힌 추억과 아픔이 있다. 알 수 없는 목소리에 끌려 아이오와의 드넓은 옥수수밭을 야구장으로 만든 주인공 레이(케빈 코스트너). 그에게 야구가 뜻하는 바는 영화 속 작가 테렌스 만(제임스 얼 존스)과의 대화에서 선명하게 드러난다.

"아버지에게 다시 돌아가고 싶었지만, 방법을 몰랐어요."
"고해성사로구먼."
"그렇다고 아버지를 다시 살린 순 없죠."
"그래서 아버지의 우상을 되살리려고 하는 것이군."

레이는 신탁처럼 들려온 그 목소리의 의미를 도저히 이해할 수 없었지만, 어느 순간 그의 눈앞에는 전광판이 환하게 켜진 다이아몬드 형태의 야구장이 그려진다. "꿈을 이루기 위해 한 번도 노력한 적 없어 보였고 허무하게 늙어 갔던 아버지를 용서하지 못했지만" 아버지가 좋아했던 야구 선수 이야기를 하며 그도 "처음으로 미소를 짓는다."

앞서 윌밍턴은 "성찬식"이라는 종교적 맥락을 건드리며 이 영화가 야구를 성체로 바치면서 과거와 현재 세대의 화해와 통합을 이루려 한다고 언급했다. 그런데 흥미롭게도, 이 영화에 별 4개를 주며 호평했던 로저 에버트도 비슷한 이야기를 꺼낸다. "주인공이 옥수수밭에서 목소리를 들을 때, 혹시 저기에 성당을 지으라는 종교 영화인가, 하고 생각했다. 물론 이건 분명 종교적 영화다. 그 종교는 다름 아닌 야구다. 주인공은 난데없는 그 음성을 이해하지 못하지만 옥수수밭 너머로 보이는 야구장이라는 비전을 그대로 받아들인다."

사실, 영화나 소설에서 주인공에게 무언가를 알려 주거나 계시하기 위해 알 수 없는 목소리나 유령이 등장하는 플롯은 어렵지 않게 찾아볼 수 있다. 그런데 윌밍턴과 에버트가 공교롭게도 야구를 종교적 맥락에서 과거를 회복하는 수단으로 설명하는 지점은 다소 낯설고도 흥미롭기까지 하다. 그렇다면 이 영화는 14살 때 아버지에게 반항하려고 캐치볼 놀이를 거부하고, 그런 아버지를 그리워하는 소소한 개인의 기억과 삶의 차원보다 더 큰 구조에서 야구를 이야기하고자 하는 서사적 욕망이 있다는 뜻이다.

　이와 관련하여 개봉 당시 《뉴욕 타임스》 리뷰에서 캐린 제임스가 했던 지적은 좋은 실마리를 제공한다. "영화 「꿈의 구장」은 야구, 농장, 제임스 스튜어트 스타일의 평범하지만 용감한 미국식 영웅, 여기에 심지어 1960년대라는 (순수한 청춘의) 시대까지 미국의 아이콘을 소중하게 간직한 이상주의적인 작품이다. 그 아이콘이 간직한 감성의 무게를 1980년대로 옮겨 온 것이다." 덧붙여 로저 에버트도 비슷한 맥락에서 이 영화의 숨겨진 감성을 드러낸다. "각본과 연출을 맡은 로빈슨 감독과 원작자 킨셀라는 (미국인의) 심장에 아주 가까이 있는 이야기를 다루고 있다. 그들은 야구를 사랑한다. 그리고 그 야구가 지금보다 더 소박했던 60년대를 상징한다고 생각한다."

　돌아갈 수 없는 시절. 다시 볼 수 없는 사랑하는 이들. 우리 머리와 가슴 속에서 늘 떠나지 않는 기억. 어쩌면 삶은, 삶을 계속 이어 가게 해 주는 대가로 그 삶 자체를 잘라 쓰고 있는 셈이다. 격동의 60년대를 겪고 지금은 절필하며 숨어 지내는 작가 테렌스 만은 레이를 처음 만나는 장면에서 이렇게 소리치며 밀어내려고 한다. "자네, 1960년대의 잔해구먼. 여긴 미래를 향한 곳이야." 작가는 지난 시간 동안 "슬픔을 모두 소진하고" 이제 더 이상 "(시간과 세상에) 나눠 줄 고통이 없고, 그 슬픔을 다시 반복하고 싶지 않기" 때문이다.

솔직히 다들 그렇지 않은가. 10년 전에도, 하물며 20년 전에도 우리는 시간의 웅덩이에 두 발을 빠뜨리고 외치곤 했다. '이제 나는 무엇을 할 수 있을 것인가? 무언가를 할 수 있기는 할까?' 삶의 계절이 바뀔 때마다, 그래서 또 한 발자국 내디딜 때마다 시간의 진흙 위에는 못다 한 그리움이 움푹 패곤 했다. 기실 과거와, 과거 시대와, 과거 세대와, 과거 나의 삶과 극적으로 화해한다는 욕망은 지금도 여전히 남아 있는 슬픔의 이면일 뿐이다.

앞으로 살아갈 날이 너무 많다고 느껴지는 아침이 연일 찾아온 적이 있는가? 우리 삶은 빛이 비수처럼 내 삶의 길이를 자르는 낮과, 어둠에 익숙한 슬픔이 소스라칠 정도로 선명하게 내 앞에 도사리고 있는 밤으로 이루어진다. 그런데 불현듯 그 삶에 모래알 같은 선택의 권리가 바로 우리에게 있다는 역설이 떠오른다. 삶은 그 역설의 '사이'에서 위태로운 삶을 이어 간다. 결국 삶의 계절이 지나가는 지점은 바로 그 '사이'를 오가는 담대한 시점이고, 우리는 현재의 시점으로 날마다 그곳에 존재하게 된다. 영화 「꿈의 구장」은 그 담대한 시점, 그 '사이' 어디쯤에서 유한한 인간이 시간이라는 절대자에게 내 슬픔과 회한을 책임지라고 울부짖는 인류의 오랜 신파극에 다름 아니다. 이에 대해 케린 제임스는 "감상에 빠질 수 있는 감정을 진정한 감동으로 바꾸는 믿기지 않는 마법을 부렸다."고 표현하기도 했다.

운명의 순간을
피하지 않는 용기

60대에 접어든 케빈 코스트너가 냉철한 관리자로 「히든 피겨스」(2016)에 나왔을 때, 다들 한 번쯤 「보디가드」(1992)에 나왔던 그의 낭만적 자태를 떠올려 보았을 것이다. 「꿈의 구장」에 나오는 30대 중반의 코스트너는 "냉소와 의심을 거두고"(마이클 윌밍턴) 일상과 열정을 한 몸에 품고 삶을 자연스레 이어 가고 싶은 우리의 이상적 분신처럼 등장한다.

다른 한편으로 주인공 레이는 생존이 걸린 옥수수밭을 다 밀어내고 그 자리에 오롯이 과거의 유령이 존재하는 야구장 하나 만들었으니, 그동안 가슴에 얹혀 있던 선친과 그의 회한은 시간의 독보적인 특혜를 받은 셈이다. 인간의 역사에서 결코 해낼 수 없는 과업, '죽은 아버지를 살려 내는 일'을 해낸 것이다. 바로 작은 목소리에 귀를 기울였기 때문이다.

융 심리학자 제임스 힐먼은 『나는 무엇을 원하는가』(2013)에서 그 작은 목소리의 정체성을 이렇게 설명한다.

"인간의 삶에는 …… 우리를 특정한 길로 불러들이는 것처럼 보이는 '무엇인가'가 존재한다. …… 어쩌면 선명하지도 않고 확실하지 않을 수도 있다. …… 하지만 훗날 지난 시간을 돌이켜보면서 '아, 운명이 나를 이곳으로 이끌었구나.'라고 깨닫게 된다. …… 현실에서는 상대적으로 불가사의한 이런 순간들은 옆으로 밀리곤 한다."

이런 면에서 옥수수밭에서 들려 온 목소리는 이미 주인공 레이에게 '운명'이다. 힐먼이 말하는 운명이란 "수많은 이들의 삶에서 상실된 것으로, 반드시 되찾아야 하는 것, 그것은 바로 살아 있는 이유다."

한 걸음 더 나아가, 데이비드 호킨스는 『놓아 버림』에서 이런 운명의 순간을 회피하지 않는 지점이 바로 '용기'의 자리이며, 그 용기는 "우리가 지금까지 예상하지 못한 어떤 것이 내면에 있음을 알게 되면서 현재를 넘어서 성장하려는 욕망을 강화한다."고 했다.

"시간이 멈춘 듯한 순간에 우리는 어떤 가능성을 언뜻 본다. 이런 순간은 너무나 값진 것이어서 소중한 기억으로 평생 남는다. 그런 순간이 일어날 때 우리는 매우 인상적인 경험을 한다. 세상의 격동과 우리 마음의 혼란 너머에는 과연 고요가 존재하고 있을까? 평화의 세계가 항상 우리를 기다리고 있을까?"

영화 「꿈의 구장」은 용기 있는 한 사람이 작은 목소리를 무시하지 않고, "살아 있는 이유"를 깨닫고서 제대로 응답한 사례일 것이다. 아내 애니(에이미 매디건)와 똑같은 꿈을 이야기하던 장면을 기억하라. 그러니 케린 제임스의 말처럼 "우리의 가장 이상적인 자아에 따스하고 지적인 손길로 호소하고 있는 이 영화에 빠져들지 않을 수가 없다." 인간의 가장 큰 욕망은 그런 초월의 순간을 맞이하고, 그 안에서 인간의 유한성을 넘어선 무한한 존재의 힘을 느끼는 것이다. 「꿈의 구장」은 그저 야구장이 아니라 "칠판의 글씨처럼 쓰였다가 지워졌던 인간의 역사"에서도 결코 움츠러들거나 사라지지 않았던 그 욕망의 대상에게 바치는 일종의 헌사다.

결국 인간은 시간이 만들어 준 기억과 추억으로만 유한한 굴레를 극복할 수 있기 때문이다. 그리움은 시간을 이기고, 시간은 또 그리움을 만들고, 그렇게 우리는 고요를 향해 나아간다.

"여기가 천국인가요?"
"여긴 아이오와예요."
"난 분명히 천국인 줄 알았는데……."
"천국이 있나요?"
"물론. 꿈이 실현되는 곳이 바로 천국이죠."
"그럼, 여기가 천국인가 봅니다."

시간의 발걸음을 아무리 늦추어 보아도 시나브로 이미 다가올 삶의 유한함 끝에서 내 눈앞에는 어떤 삶의 풍경이 파노라마처럼 지나갈까? 단 한 번도 가 본 적 없는 그곳, 햄릿의 유명한 대사처럼 세상 누구도 되돌아온 적 없는 그곳. 삶의 끝은 그렇게 가 본 적 없는 공간과 시간을 눈으로 아로새기듯 풀어내는 시인의 펜 끝에서만 사랑스럽다. 한데 "꿈이 실현되는 곳이 바로 천국"이라는 대사 앞에서 자꾸만 내 마음이 서성거린다. 어쩌면 지상의 모든 기억과 삶의 시간이 결국엔 저마다의 시가 되는 게 아닐까? 그래서인가. 이렇게 하늘이 파랗게 물든 날이면 괜스레 고개 들어 혼잣말처럼 지상의 안부를 건네주곤 아주 가끔 들리지 않는 그곳의 인사를 고요한 시처럼 읊조리곤 한다.

친구, 거기 하늘에서도 야구 보고 있나?

이슬비에도
풀잎은 짙어지고

스미스씨 워싱턴에 가다

Mr. Smith Goes to Washington 395

"아들아, 네 곁을 둘러싼 신비를 놓치지 마라.

풀 한 포기, 모래 한 알에도 자연의 경이가 숨어 있으니.

어둡고 긴 터널을 지나 밝아 오는 새 아침이

얼마나 고마우냐?

항상 터널 속을 벗어난 마음으로 주변의 생명을 아껴라."

상상해 보자. 영화 속에서 누군가 이런 대사를 읊었다면 과연 그/그녀는 어떤 사람일까? 이는 '선하다' '사악하다' '좋다' '나쁘다' 등의 형용사를 요구하는 질문이기도 하고, '명상가' '작가' '교사' '간호사' 등의 명사를 청하는 물음이기도 하다. 마치 헨리 데이비드 소로가 월든을 산책하며 읊조리거나 성경의 「지혜서」에서 방금 나온 듯한 이 구절은 영화 「스미스씨 워싱턴에 가다」(1939)의 주인공 제퍼슨 스미스가 선친에게서 들은 금과옥조다. 그의 선친은 언론인 출신으로 생전에 "잃어버린 진리의 챔피언"이라고 불렸다.

청년 정치인은
무엇과 맞서 싸우고자 했을까

1939년 10월 개봉 당시, 《뉴욕 타임스》의 프랭크 누전트는 "결과적으로 이 영화는 정치적 자유와 보편적 자유, 청렴과 정직, 평범한 인간의 타고난 존엄에 대한 감동적인 증거가 되었다."고 평가한다. 이와 유사하게 누전트보다 열흘 앞서 나온 《버라이어티》의 리뷰에도 "카프라 감독은 워싱턴을 미국의 자유와 민주주의의 상징으로 초점을 맞추고 있다."고 밝힌다.

그렇다면 소로의 월든 호수에서 들을 법한 삶의 아포리즘을 상속받은 주인공이 펼치는 이 드라마는 오로지 정치 영화인가? 흥미롭게도 개봉 당시 주요 비평가들은 이 영화의 각본이 그리 완벽하지 않았다는 점에 다 같이 한목소리를 내면서도, 이 영화가 민주주의와 자유, 정의와 품위, 인간과 역사라는 추상적 키워드를 "유머와 감동이 살아 있는 균형 잡힌"(프랭크 누전트)

이야기로 풀어냈다고 호평한다.

한편 1996년 《워싱턴 포스트》의 매트 슬로빅에 따르면, "1939년 당시 워싱턴 프레스 클럽이 후원하고 컨스티튜션 홀에서 열린 시사회장에 상원의원, 하원의원, 법조인들이 많이 참석했으나 영화가 절반쯤 상영될 무렵 극장을 빠져나가기 시작했다."고 한다. 정계와 법조계뿐 아니라 언론계의 반응도 만만치 않았다. "감독이 영화 안에서 기자들을 묘사하는 방식을 탐탁하게 여기지 않았던 워싱턴 기자단은 미국 상원과 마찬가지로 감독에 대한 공격에 동참했다."

모든 사회적 현상 속에는 나 자신이 포함되어 있으므로 객관적 판단이나 평가를 하기 어렵다는 지극히 사회정치학적인 명제는, 흥미롭게도 일정한 '거리 두기'가 작동 가능한 영화라는 창조적 행위를 통해서 더욱더 선명하게 드러난다. 미국 의회와 언론 집단이 이 영화 한 편을 두고 보여 준 민낯은 스스로 그 거리 두기에 실패하고 은연중 감정 이입에 빠진 경우라고 할 수 있다.

소로는 『월든』에서 "단 한 차례의 이슬비에도 풀잎은 짙어진다."고 했다. 제퍼슨 스미스라는 이슬비가 그저 아침 풀잎의 이슬처럼 오후의 햇살에 사라질 존재라고 판단한 이들은, 첫째, 부패하고 노회한 상원의 구성원들이었고, 둘째, 적폐(積弊)는 차마 건드리지 못하고 신참내기의 허수아비 역할을 편견으로

잡아 조롱하던 언론이었다.

　　스미스는 정치 후원자의 손아귀에서 벗어나지 못한 채, 헌법과 국민을 우롱하고 사익을 추구하는 집단에 어이없는 분노를 느낀다. 더 나아가 그들의 선전에 기꺼이 속아 수단이 되어 주는 신문과 라디오와 저널리스트와 일반 시민들에게는 서글픈 분노를 느낀다. 그렇기에 의회법의 틀 안에서 상원을 상대로 약 24시간의 필리버스터를 진행하면서도 꿋꿋하게 서 있지만, 지역에서 올라온 시민들의 전보와 신문 앞에서는 그만 무력하게 쓰러지고 만다.

　　마지막 장면, "진실한" 청년이 쓰러지는 모습에 양심의 가책을 받은 상원의원 페인은 머리에 총을 갖다 대고 스스로 죽으려 하지만 사람들의 제지로 실패한다. "배후에 강력한 힘이 있어 자네가 다칠 거야."라고 비겁하게 경고하던 그는 마침내 의회 안으로 들어와 고백한다. "내가 국가와 국민을 속였습니다." 사실 이 장면은 앞서 그가 강력한 배후를 운운할 때에 함께 올리던 말과 병치하여 곱씹어 볼 필요가 있다. "사실 시민들은 투표를 잘 하지 않아서 말이야." 법과 국민을 속이고 언론까지 장악하고 사익을 추구하는 집단에게, 투표하지 않는 시민은 어떤 존재일까.

위력의 정치

힘의 정치

시민의 투표와 의회의 역사가 가장 최신 상태가 된 21세기. 스미스의 의회로부터 70여 년이 지나 다른 시대와 다른 의제로 만난 의회는 어떤 모습이었을까? 2016년 개봉한 영화 「미스 슬로운」의 주인공은 총기규제 법안을 둘러싼 치열한 로비 현장에서 이런 대사를 날린다. "이 나라는 썩었어요. 양심 있는 의원에게 보상하지 않고 쥐 같은 자들에게 보상하죠. 자기 자리만 보전하면 나라도 팔아먹을 자들에게요." 1939년에 세상에 나온 영화 「스미스씨 워싱턴에 가다」의 신참 의원이 오늘은 첫날이니 일단 듣기만 하겠다고 말하자, 의회 내 질서도우미 소년은 너무도 당연한 듯 이런 대답을 던진다. "네, 그럼요. 재선되려면 그래야죠."

이런 어둠 속에서도 1939년의 영화는 여전히 미국의 자유와 민주주의 시스템 안에서 선한 의도를 가진 작은 영웅의 승리를 믿는다. 그래서 주인공은 "우리가 후손들에게 떳떳할 수 있을까요?"라고 가치 함축적인 의문문도 던질 수 있다. 그러나 2016년의 영화는, 말하자면 더 이상 어느 편에도 마음을 주지 않는다. 오히려 주인공은 냉소적으로 "저들 중에 민주주의의 진짜 기생충은 누구인지"를 알아챌 것을 주문한다.

이와 관련하여 "자기 이익과 착취에 속한" 위력과 그 반대편의 진정한 힘을 구별했던 데이비드 호킨스는 『의식 혁명』에서 이런 해답을 제시한다.

"우리는 사회가 전 역사에서 입법 행위, 전쟁, 시장 조작, 법률, 금지령 등 위력의 모든 현시를 통해 사회 문제를 '처리'하려고 했다는 것과, 그런 요법에도 불구하고 문제는 지속되거나 재발되었을 뿐이라는 걸 관찰할 수도 있다. 비록 위력의 위치에서 일어난 정부(또는 개인)는 근시안일 수도 있지만, 예민한 관찰자의 눈에 사회적 갈등상태는 저변의 기원이 노출되고 '치유'되기 전까지는 사라지지 않으리라는 것이 결국 명백해지게 된다."

데이비드 호킨스가 밝힌 위력과 힘의 대비는 영화 「스미스씨 워싱턴에 가다」에서 매우 선명하게 드러난다. 호킨스에 따르면 "위력은 흔히 지지를 획득하고 저변의 동기부여를 감추기 위해 수사, 선전, 그럴듯한 주장에 의존한다. …… 위력은 개인이나 조직의 이득을 위해 생명을 착취하는 것과 결합되어 있는 것이 분명하다. …… 위력은 목적이 수단을 정당화한다는 주장을 통해, 편의를 위해 자유를 팔아넘긴다."

링컨의 연설,
대한민국의 헌법

스미스는 필리버스터가 진행되는 동안 미국의 법전을 읽는다. 그 안에 그가 역설하는 워싱턴과 링컨의 유산이 있고 교훈이 있기 때문이다. 앞서 그는 워싱턴 투어를 하면서 독립선언서와 게티즈버그 연설 등을 특별히 새기기도 한다. 데이비드 호킨스는 이와 같은 스미스의 말과 행동에 전적으로 공감한다. 그는 『의식 혁명』에서 진정한 힘의 근원을 이렇게 밝히고 있다.

"미합중국이나 다른 모든 민주주의의 힘은 그것의 바탕에 있는 원리에서 일어난다. 그래서 우리는 미국 헌법, 권리장전, 독립선언서 같은 문서와 게티즈버그 연설 같은 민주주의 정신의 인정받은 표현들을 살펴봄으로써 힘의 근거를 발견할 수 있다."

미국 독립선언서와 링컨의 연설은 의식 측정 지수 700으로 제시된다. 의식 지도에 따르면 지수 700은 참나와 깨달음의 수준에 해당한다. 이런 고답적 속성에도 불구하고 게티즈버그 연설 전문은 단 세 단락으로 이루어졌고, 미국 아동들이 이 연설문을 통째로 외울 정도로 짧고 쉽게 쓰였다. 모르긴 해도 시대와 공간을 가로질러 21세기 태평양 건너 대한민국의 수도 서울이나 어느 지역 어느 거리에 지나가는 사람들에게 불쑥 마이크를 들이대도 그 연설의 마지막 문장에 담긴 "국민의, 국민에 의한, 국민을 위한 정부(that government of the people, by the people, for the people)"를 소리칠 수 있을 것이다.

마사 누스바움의 『정치적 감정』은 게티즈버그 연설의 진정한 의미를 이해할 수 있는 매우 유용하고 아름다운 분석으로 가득 차 있다. 누스바움에 따르면, 게티즈버그 연설은 그 형식과 주장 전개에 있어서 거의 완벽한 설득의 구조를 내재한다. 특히 "삶과 죽음의 이미지를 절묘하게 배치하면서" 죽은 자에 대한 애도와 그들이 애써 이루려고 했던 이상적 과업을 계속 이행해야 하는 산자의 필연적 운명을 토로한다. "새로운 자유의 탄생(new birth of freedom)"을 위해 전쟁, 혼란, 죽음, 재건으로 이어지는 영웅적 서사 구조를 국가 차원으로 끌어올려 미국 전체에게 요청한 것이다. 기실 가시밭길이 자명한 링컨의 요청에 대하여 누스바움은 "그 힘겨운 분투는 민주주의 자체가 존립할 수 있을지를 가르는 투쟁이라고 말하는 것"이라고 힘주어 강조한다. 그리고 무엇보다 이 연설은 과거의 상처를 딛고 현재를 치유하고 미래를 꿈꾸는 역사의 아름다운 진보를 강력하게 요구한다. 결국 1863년 링컨의 꿈은 1963년 마틴 루터 킹의 꿈이었고, 2021년 새로운 미국의 꿈이 될 것이다.

대한민국의 헌법 제1조는 그 꿈의 보편성을 두 개의 조항으로 요약정리하고 있다. "대한민국은 민주공화국이다. 대한민국의 주권은 국민에게 있고, 모든 권력은 국민으로부터 나온다." 마치 경구처럼 술술 나오는 문구를 담은 링컨의 연설은 민주주의의 핵심을 강조한 것이며, 동시에 대한민국 헌법 제1조의 다른 표현인 셈이다. 그렇다면 이 연설의 힘이 어디에서 비롯되는지 이제 그 대답을 알 수 있을 것 같다. 그것은 바로 민주주의 정신의 보편적 가치를 담고 있기 때문이다. 우리를 비롯해 전 세계 국민의 정부는 바로 민주주의 안에서 평화와 정의와 자유가 실현되는, 끊임없는 현재형 미래를 추구하고 있기 때문이다. 이렇게 보면 링컨의 연설을 전면에 등장시킨 1939년 영화 「스미스씨 워싱턴에 가다」부터, 그 연설을 통해 진정한 힘의 근거를 밝힐 수 있다고 주장한 1994년 데이비드 호킨스를 거쳐, 그 연설의 형식과 내용을 가로지르는 디테일한 해석을 선사한 2013년 누스바움의 담대한 연구까지 20세기와 21세기를 거치는 여정이 새삼 고맙다.

　　우리 역사만 보더라도 앞서 언급한 대한민국 헌법의 기원은 1919년 4월 11일에 시행 제정된 대한민국 임시헌장이다. 임시헌장의 제0조 정강은 인류 평등의 대의를 가장 먼저 언급하고, 제1조는 민주공화제를 천명하면서 인류 보편의 가치를 만방에 알리고 함께 가는 것이었으며, 제3조는 국민 모두의 평등을 규정한다. 21세기 현재, 민주주의의 총아로 자타가 인정하는 미국과 대한민국은 각자의 역사와 위치에서 역동적으로 민주주의를 진화시키면서, 링컨과 임시헌장 이후 100여 년이 지난 지금도 민주주의 핵심 가치를 더 나은 방향으로 제도화하고 더 폭넓은 사회적 합의를 구성하는 여정을 게을리하지 않고 있다. 역사상 시작은 한없이 높은 이상이었으나, 그 과정은 눈물과 상처, 승리와 평화의 길이었으며, 그 결과는 다 함께 가는 민주주의다운 민주주의 사회와 국가였다. 그 길은 앞으로도 계속될 것이다.

덧붙여, 이런 의미를 품은 영화를 문화유산으로 등록하는 미국 문화계의 행보도 예사롭게 보이지 않는다. 미국 의회도서관은 1989년부터 "미국 문화와 역사, 그리고 미학상 중요한 의미를 갖는" 영화 25편을 매년 선정하여 도서관 내 국립필름등기소에 문화유산으로 등록하고 있다. 영화 「스미스씨 워싱턴에 가다」는 시행 첫해에 「시민 케인」[400] 「카사블랑카」[385] 「바람과 함께 사라지다」[400] 등과 함께 당당히 이름을 올렸다. 일단 이렇게 공적 기표로 등록된다면 그 영화의 의미는 시대와 사람을 초월하여 계속 이어지면서 그 속에 담긴 역사와 보편적 가치도 함께 상기시켜 줄 것이다.

민주주의는
진화한다

2008년 《네이션》의 프란츠 휄러링은 영화 속 스미스의 승리를 "성공한 현대판 동화"라고 불렀다. 사실 동화라는 단어에 붙은 묘한 양가적 감정은 이 영화의 진짜 의미를 가려 버릴 수 있다. 더 중요한 점은, 미국 역사에서 링컨과 마틴 루터 킹의 연설은 이미 상당 부분 구현되고 계속 발전되고 있다는 사실이다. 세상 모두의 이상은, 그것이 아무리 보편적 가치를 품었다 할지라도 동화처럼 순수의 세상에만 속할 것처럼 보인다. 하지만 최근에 더욱 깨닫게 되었듯이 민주주의의 가치는 어느 시점에 완성되고 끝나는 것이 아니다. 오히려 끊임없이 훼손당하고 공격받으면서도 여전히 지켜 내고 굳건히 진화하는 것이다. 언뜻 영화는 스미스의 바람대로 "아이들의 순수함과 후손들의 땅"을 지켜 낸 한 편의 동화 같지만 결국 그것을 이룬 도저한 흐름은 냉소와 분노를 삭이고 희망을 품은 고요한 외침과 견고한 연대였다. 오늘날에도 여전히 유효한 그것은 동화가 아니라 다시 입증된 역사의 보편적 본질이라고 해야 합당하다.

그해, 한 번의 이슬비에 풀잎이 짙어진 경이를 체험한 이 세상 모든 스미스들은 이제 워싱턴으로만 가지 않는다. 그들이 사는 그곳, 우리가 발 디딘 바로 여기에서 누구나 스미스로 살아간다. 서울에서 제주까지, 새벽부터 한밤까지 동시대의 모든 스미스들에게 경의를!

우리를 비추는 스크린, 그 공동체의 언어

금발이 너무해
Legally Blonde 355

2017년 5월, 제366회 하버드 학위 수여식에서 '페이스북' 창업자 마크 저커버그가 졸업 연설을 했다. 저커버그는 중도에 학업을 그만둔 하버드 출신으로, 이번 연설이 "본인이 하버드에서 이룬 최초의 일이 될 것 같다."고 가벼운 농담을 던지며 시작했다. 하지만 전체 연설은 결코 가볍지 않았다. 이 연설에서 그는 플랫폼 커뮤니티의 가치를 강렬한 사회적 연대의 가치로 변모시켜, 사회 구성원 모두에게 새로운 공동체 정신을 요청했다.

"나는 이 자리에서 여러분의 목표(목적)를 찾아보라는 기존의 모범적 졸업 연설을 하려는 것이 아닙니다. 우리는 뉴밀레니엄 세대입니다. 그러니 이제 여러분의 목표의식을 찾는 것만으로는 충분하지 않다는 사실을 말하고 싶습니다. 우리의 과제는, 모든 사람이 저마다의 목표의 식을 가질 수 있는 세상을 만드는 것입니다. …… 모두가 자신의 목표를 추구할 수 있는 자유를 줍시다. 그건 반드시 해야 할 일이기도 하지만, 동시에 꿈을 현실로 바꿀 수 있는 사람이 더 많아질 때 우리 모두가 지금보다 더 나아지기 때문입니다."

(But I'm not here to give you the standard commencement about finding your purpose. We're millennials. …… I'm here to tell you finding your purpose isn't enough. The challenge for our generation is creating a world where everyone has a sense of purpose. …… Let's give everyone the freedom to pursue their purpose — not only because it's the right thing to do, but because when more people can turn their dreams into something great, we're all better for it.)

마치 평행이론처럼 저커버그의 하버드 졸업 연설은, 10년 전 2007년에 이루어진 마이크로소프트의 창업자 빌 게이츠의 졸업 연설과 연결된다. 두 사람은 하버드 중퇴생으로 글로벌 기업을 일구었다는 공통점이 있다. 게이츠도 그 연설을 통해 21세기의 "불평등"을 지적하면서 이렇게 주문했다.

"여러분이 이제는 자기 자신을 판단할 때에 직업이나 커리어 측면의 성과와 업적에서 한 걸음 더 나아갔으면 합니다. 말하자면 그것과 더불어 전 세계의 가장 뿌리 깊은 불평등에 대하여 얼마나 깊이 고심해 왔는지, 그리고 동료 인간이라는 점을 제외한다면 아무런 공통점이 없는 온 세상 사람들을 얼마나 잘 대해 왔는지, 이런 기준에서 스스로를 판단하는 방향으로 발전했으면 좋겠습니다."

(I hope you will judge yourselves not on your professional accomplishments alone, but also on how well you have addressed the world's deepest inequities …… on how well you treated people a world away who have nothing in common with you but their humanity.)

영화 「금발이 너무해」(2001)에서 가장 주목하고 싶은 부분도 바로 마지막 졸업 연설 장면이다. 절묘하게도 영화 속 현실도 하버드 법대 2004년 졸업식장이다.

"하버드에서 맞은 첫날, 매우 현명하신 교수님 한 분이 아리스토텔레스의 말을 인용하셨습니다. '법은 열정이 배제된 이성이다.' 물론 아리스토텔레스에게 유감은 없지만, 제가 하버드에서 3년을 보내고 나서 얻은 결론은 조금 다릅니다. 오히려 열정은 법 공부와 실천에 있어, 무엇보다 우리 삶에 있어 중요한 요소임을 알게 되었습

니다. 우리가 세상 속으로 다음 걸음을 옮길 때마다 우리
와 함께하는 것은 바로 열정, 신념이 담긴 용기, 그리고
굳건한 자기의식입니다. 물론 첫인상이 항상 정확한 것
은 아니라는 점도 기억해야 합니다. 항상 사람들에 대한
믿음을 가지시기 바랍니다. 그리고 무엇보다 중요한 점
은, 항상 여러분 자신에 대한 믿음도 간직하시라는 사실
입니다."

(On our very first day at Harvard, a very wise Professor quoted Aristotle: "The
law is reason free from passion." Well, no offense to Aristotle, but in my three
years at Harvard I have come to find that passion is a key ingredient to the study
and practice of law and of life. It is with passion, courage of conviction, and
strong sense of self that we take our next steps into the world, remembering
that first impressions are not always correct. You must always have faith in
people. And most importantly, you must always have faith in yourself.)

앞서 빌 게이츠와 마크 저커버그의 긴 연설의 감동은 그
메시지뿐 아니라 간결하면서도 힘 있는 영어 문장에서 나온다.
영화 속 주인공 엘 우즈의 이 짧은 연설도 그 선명한 메시지가 간
결한 영어 문장으로 잘 전달된다. 10여 년 전, 학부생들과 함께
하는 교양영어 시간에 이 연설 장면을 활용했던 기억이 선하다.

매력과 편견

100분이 채 안 되는 이 영화는 그 상업적 성공과는 별개로 대개의 비평가 리뷰와 독자 평가를 통해 금발 미인이 갖고 있던 종래 관념을 깨고 나름의 위트와 즐거움으로 돌파하는 가벼운 코미디 영화일 뿐, 특별히 영화적으로 훌륭하거나 주제 면에서 주목해야 할 지점이 없다는 것이 중론이었다. 이는 대부분 주인공 엘을 연기한 배우 리즈 위더스푼의 역량과 스타로서의 힘에 비할 때, 영화 「금발이 너무해」가 마땅히 더 진전되었어야 할 지점까지 이르지 못했다는 유감의 표시였다. 개봉 당시, 심지어 《가디언》의 피터 브래드쇼는 "위더스푼은 마치 하얀 치아를 드러내며 환하게 웃는 콜게이트 치약 광고의 여성처럼 지나칠 정도로 밝은 존재감으로만 등장한다. 이 밝음과 대조를 적절히 조절하고 좀 더 영화 연출의 요령과 노련함이 있는 감독이 필요했는데, 유감스럽게도 로버트 루케틱은 그럴 만한 감독이 아니다."라고 단언했다.

반면 BBC의 벤 포크는 "온갖 엉성함에도 불구하고 이 영화는 관객들이 굳이 머리를 쓰지 않아도 될 만큼 가볍고 재미있다. 그리고 그 점이 바로 이 영화의 장점이다. 위더스푼 역시 최근 나온 여러 젊은 스타들 중에서 단연 돋보이는 배우라고 할 만하다."고 부드럽게 넘어갔다. 이와 비슷하게 《할리우드 리포터》의 커크 허니컷은 "이 영화는 리즈 위더스푼의 사람을 끌어 당기는 대단히 매력적인 존재감으로 그나마 여기까지 올 수 있었다."고 결론지었다.

그런데 잘 살펴보면 호의적인 평가는 그것 그대로, 좀 불리한 평가는 또 그것 그대로 「금발이 너무해」라는 우리말 타이틀이 주는 지엽적 효과에서 별로 크게 벗어나지 못한 것 같아 아쉬움이 크게 남는다. 물론 이 영화는 어느 시대건, 세상 모두가 인정하는 훌륭한 작품이나 고전과는 거리가 멀다. 하지만 적어도 개봉 당시 "전 세계에서 1억 4,000만 달러의 흥행 수익을 올렸고 2003년과 2009년에 속편이 연달아 나온" 영화로 많은 이들, 특히 젊은 세대들이 많이 보았다는 사실을 감안한다면 분명 이 영화만이 지닌 장점이 있지 않을까. 더구나 데이비드 호킨스는 이 영화의 의식 측정 지수를 355로 제시했다. 이는 놀랍게도 「위대한 개츠비」와 「반지의 제왕」보다 높은 수치이며, 무려 우디 앨런의 「애니 홀」과 찰리 채플린의 「시티 라이트」와 동일한 수치다.

데이비드 호킨스는 『놓아 버림』에서 "매력은 이해하면 매우 도움이 되는 주제다. 매력을 이해하고 나면 욕망 놓아 버림이 대단히 쉬워진다."고 말하면서 인간의 욕망과 매력에 대한 기제를 논한 바 있다.

"원하는 어떤 사물을 바라보면서 사물의 속성이 지닌 아우라, 은근한 멋, 반짝임, 자석처럼 마음을 끄는 느낌 등은 사물 자체와 서로 다른 것임을 분별할 수 있다. 이때 그러한 속성을 가장 잘 묘사할 수 있는 말이 '매력 (glamour)'이다. 우리는 어떤 사물 자체와 우리가 사물에 부여한 매력 간의 차이에서 환멸을 느낀다. 그래서 어떤 목표를 추구해 막상 그것을 이루고 나면 실망하는 경우가 많다. 사물 자체와 사물에 대한 마음속 그림이 서로 일치하지 않기 때문이다. 매력이 있다는 것은 사물에 감상적인 느낌을 덧붙였거나 실제보다 과장했음을 의미한다. 사물에 어떤 마술적 특성을 투사해 놓고는, 그런 특성으로 인해 그것만 얻으면 왠지 더 행복하고 더 만족스러운 상태를 마법처럼 성취할 수 있으리라 믿는다."

어쩌면 이 영화는, 영화 자체가 이런 심리적 욕망의 투사에 대한 알레고리처럼 작용하고 있는지도 모른다. 5대째 상원의원을 배출한 명문 헌팅턴 가문의 아들 워너는 하버드 법대에 진학하면서 가문의 전통을 이어야 한다는 이유를 대며 엘에게 이별을 통보한다. 그의 논리는 이랬다. "나는 머리 텅 빈 금발의 마릴린 먼로가 아니라 지성과 미모를 겸비한 재클린 케네디 같은 여자랑 결혼해야 하거든." 영어 문장으로 하면 더 간단하다. "I need to marry a Jackie, not a Marilyn." 기실 평범한 인간의 일상적 맥락에서 통념과 선입견, 편견과 오만은 욕망하는 대상과 그것에 투사된 매력 앞에서 언제나 무릎을 꿇게 되며 결코 승리하지 못한다. 아울러 앞서 인간의 욕망과 매력에 대한 호킨스의 원리를 한 발짝 비켜나서 본다면, 평범한 인간은 그런 매력(적 대상)이라도 끝까지 믿고 싶어 하지만, 결국 에고의 수준에서 그 매력적 대상을 성취하는 일은 애초에 품었던 "그 믿음만큼 (만족이나) 자유를 주지 못한다." 그 결과, 인간은 다음번 대상이나 목표로 옮겨 가게 되고 이전과 유사한 과정을 반복하면서 역설적으로 다시 통념과 선입견, 편견과 오만의 서사 속으로 편입되고 마는 것이다. 한데 어찌 보면 인간의 삶은 (욕망과 매력의 상관관계를 알거나 모르거나) 매력을 투사하는 대상을 무의식적으로 계속 전치하는 일련의 과정인지도 모른다. 본래 인간의 삶에서 욕망하는 대상과의 완전하고 절대적인 합일은 일어나지 않는다. 혹시 그런 일이 일어난다면 현실의 삶을 이어 가지 못하거나 상징적 죽음이 기다리는 경우일 뿐이다.

이렇게 본다면 엘의 졸업 연설 메시지에서 "첫인상이 항상 정확한 것은 아니라는 점도 기억해야 합니다."라는 구절은 매우 의미심장한 주제를 담게 된다. 금발의 엘 우즈를 바라보는 세상, 다양한 재능과 지성을 뽐내는 하버드 법대 구성원들이 애초에 엘에게 보였던 시선과 이후의 스토리 전개, 그리고 이 영화에 대한 많은 비평과 의견까지도 어쩌면 호킨스가 언급했던 '매력'의 투사적 본질을 과감히 '응시'한 결과물이 아닐까.

흥미롭게도 나와 비슷한 심정으로 엘의 졸업 연설에 관심을 나타낸 비평가가 있다. 《뉴욕 타임스》의 A. O. 스캇은 영화 속 엘의 졸업 연설에 다소 이례적인 의견을 달아 주었다. "결국 미덕은 보상을 받고, 비열함은 마땅한 벌을 받게 된다. 엘은 졸업생 대표로 졸업 연설을 하게 되고 '여러분은 당신 자신에 대한 믿음을 반드시 가져야 합니다.'라고 끝을 맺는다. 분명 할리우드 영화에서 누군가 그런 개념을 입 밖에 꺼낸 것은 처음이다." 스캇의 의견을 읽으면서 다시 엘 우즈의 짧은 연설을 떠올리며 문득 이런 생각이 스쳤다. '그러고 보니 이건 마치 그리스 비극의 주인공이 하는 말처럼 들리는군.'(열정과 신념, 용기와 자기의식, 다시 말해 하늘과 심장의 법으로 철저히 무장한 채, 크레온에 대항하여 형제의 주검을 옮겼던 안티고네인가!)

더욱 흥미롭게도, 엘 우즈의 졸업 연설은 또 다른 사건과 더불어 2017년 다시 세상으로 돌아왔다. 5월 16일 방영된 미국 NBC의 예능 프로그램 '지미 팰런의 투나잇쇼'. 지미 팰런은 5월 13일, 버지니아의 리버티 대학에서 미국 대통령 도널드 트럼프가 했던 졸업 연설의 일부가 영화 속 엘의 연설과 유사한 어휘와 구조였다고 말하면서, 영화 속 연설과 트럼프 대통령의 실제 연설을 교차 편집한 영상을 보여 주었다.(아, 이것이 진정한 문학적 혹은

트럼프 대통령: 여러분은 이제 세상 속으로 나아가야 합니다. 여러분의 열정, 신념을 담은 용기를 품고, 무엇보다 중요한 점은 여러분 자신에게 진실하기를 바랍니다. 나는 해냈거든요.(You must go forth into to the world. Passion, courage in your conviction, most importantly, be true to yourself. I did it.)

엘 우즈: 우리가 세상 속으로 다음 걸음을 옮길 때마다 우리와 함께 하는 것은 바로 열정, 신념이 담긴 용기, 그리고 굳건한 자기의식입니다. …… 그리고 무엇보다 중요한 점은, 항상 여러분 자신에 대한 믿음도 간직하시라는 사실입니다. 우리는 해냈답니다.(It is with passion, courage of conviction, and strong sense of self that we take our next steps into the world, …… And most importantly, have faith in yourself. We did it.)

낯선 언어를 통해
배우는 세상

영화에서 아리스토텔레스의 "법은 열정이 배제된 이성"

이라는 말을 인용했던 스트롬웰 교수는 첫 수업 시간에 이런 말도 덧붙였다. "여기서 우리는 **법이라는 새로운 언어를 배우는 것이며, 동시에 세상에 대한 통찰력을 배우는 것이다.**" 솔직히 말하면, 「금발이 너무해」의 작품성과 평가와는 별개로 이 말이 이 작은 영화를 지속시키는 핵심 메시지이자 주제로 각인되었으면 하는 부질없는 바람을 품어 본다.

워너를 통해 보여 주듯 소위 세간의 진부한 '법적' 언어는 명문 법대와 정치적 출세와 불의한 권위로 이어지기 쉽다. 그러나 네일샵 주인의 강아지를 찾아 주거나 의뢰인의 명예를 지켜 주려는 엘 우즈의 에피소드와 결말이 상징하듯, 소소하지만 새로운 '법적' 언어가 사람과 생명에 대한 연민을 바탕으로 읽혀졌으면 좋겠다. 이 낯설지만 친숙한 언어를 현실 세계로 확장하면 마크 저커버그의 연설처럼 "우리 자신보다 더 큰 무언가의 일부라고, 우리가 이 세상에 꼭 필요하다고 느끼게 만드는" 그 목표 의식의 지점으로 가게 되지 않을까.

전혀 다른 차원과 맥락에서 일어난 이런 이야기들이 마치 소음처럼 이렇게 모이는데, 이것마저 소중한 순간임을 일깨워 주는 건 다름 아닌 데이비드 호킨스다. 『놓아 버림』에서는 고통스런 삶의 순간을 이야기하며 "삶에서 일어나는 사건들은 성장하고 확장하고 경험하고 발전할 기회"라고 했다. 비록 몸과 마음을 찢는 고통은 아닐지라도 현재 나를 이루는 생각을 찢는 작은 틈이라도 생긴다면, 그것은 곧 호킨스의 표현대로 "숨은 선물이다."

　　문득 영화라는 선물을 생각하게 된다. 흔히 영화를 가리키는 '스크린'은 빛을 비추기도 하고 동시에 가리기도 하는 양가적 작용을 한다. 다시 말해, 영화 「카이로의 붉은 장미」(1985)가 그랬던 것처럼 영화는 인간의 현실을 있는 그대로 투영하기도 하고, 잠시 그 현실을 잊게 해 주기도 한다. 자. 그럼, 이 스크린을 뚫고 나오는 것은, 결국 무엇일까? 영화적 경험은 지금의 현실과 더 나은 현실, 곧 미래를 동시에 보여 준다. 오늘 나에게 다가온 또 하나의 이 영화적 경험은 얼마만큼 나의 현실을 비추고, 더 나은 미래로 향하게 만들어 주었을까?

20세기 영문학을 주름잡았던 아일랜드 공화국 출신의 위대한 시인 W. B. 예이츠는 1865년 더블린 남쪽 샌디마운트에서 태어나 1939년 파리에서 세상을 떠났다. 그는 시적 영감을 받았던 아일랜드 서부의 슬라이고에 묻어 달라는 유언을 남겼다. 예이츠가 세상을 떠난 바로 그 해, 그의 완벽한 후예로 불린 영국령 북아일랜드 출신의 셰이머스 히니가 태어났다. 2013년 히니는 더블린에서 세상을 떠났으나 어릴 적 살았던 고향 벨러이에 묻혔다. 19세기부터 21세기까지 아일랜드의 호수와 진흙을 노래했던 두 시인은 결국 아일랜드의 흙 속에 영면하게 된다. 두 거장의 마지막을 더듬고 있으니 그만 속절없이 미국 남부 조지아, 타라의 대지주 제럴드 오하라가 큰딸 스칼렛에게 건네는 대사가 떠오른다.

"네게도 아일랜드의 피가 흐른다는 걸 기억하렴. 아일랜드인의 피가 흐르는 사람에겐 바로 땅이 어머니란다. 너도 크면 땅을 사랑하게 될 것이야."

'스칼렛 오하라'라는
상징

1939년 크리스마스 《타임》지의 커버는 영화 「바람과 함께 사라지다」(1939)의 히로인 비비안 리가 장식했다. 그 일주일 전, 뉴욕에서 개봉한 「바람과 함께 사라지다」는 제작 이전부터 개봉 이후, 그리고 지금까지 단 한 번도 영화계의 중심에서 벗어난 적이 없다. 특히 《타임》의 커버스토리에 따르면, 영화의 주 배경이었던 애틀랜타 시사회는 미국 남부 역사에서 또 하나의 사건이 될 만했다. 애틀랜타 주지사는 주 전체에 공휴일을 선포했고 시장은 시 전역에 사흘간 축제를 열었다. 30만 명의 애틀랜타 시민들은 비비안 리, 클라크 게이블 등 배우들을 보기 위해 공항부터 무려 10킬로미터가 넘는 행렬을 이어 갔다.

개봉 다음 날, 1939년 12월 20일 《뉴욕 타임스》의 프랭크 누전트와 《뉴욕 데일리 뉴스》의 케이트 카메론은 공히 "이 영화는 원작의 대서사시가 품은 시대의 초상을 그대로 옮겼다."고 극찬했다. 더구나 이 영화의 가장 큰 성공은 배우 비비안 리에게 있다고 강조했다. 1939년 12월 19일, 개봉 당일 가장 먼저 리뷰를 올린 《버라이어티》의 존 플린 시니어도 "비비안 리의 외모와 캐릭터, 연기는 스칼렛 오하라 그 자체였다."고 호평했다. 애틀랜타 시사회에 몰려든 시민들은 비비안 리를 직접 보면서 "과연 스칼렛 오하라!"라고 한결같이 고개를 끄덕였다고 한다. 그렇다면 20세기 초반의 그들과, 지난 80년간 전 세계 수많은 영화 팬들은 대체 비비안 리에게서 무엇을 보았던 것일까? 다시 말해, 이 영화와 스칼렛 오하라는 과연 어떤 의미란 말인가?

영화의 도입부 자막은 남부가 무너지는 과정을 "(한 시대의) 문명이 바람과 함께 사라진다."고 기술한다. 문명, 새로운 세상, 지성과 용기. 스칼렛 오하라와 무관할 것 같은 이 테마는 당연하게도 이 영화가 무의식적으로 그려 내는 시대를 소환한다. 1998년 로저 에버트는 영화 개봉 60주년 기념 리뷰에서 이렇게 밝힌다.

> "스칼렛 오하라는 1860년 당시 미국 남부의 상징이 아니라 영화가 제작되고 개봉한 1930년대 대공황 시대의 경제적 현실과 재즈 시대 자유로운 현대 여성의 표상이다.

또한 남부가 무너진 후에도 홀로 경제적 운명을 개척하던 스칼렛은 당시 2차 대전으로 향하던 그 시대가 절실히 필요로 했던 상징이기도 하다."

앞서 개봉 당시 자세한 커버스토리를 실었던 《타임》은 2011년 존 클라우드의 리뷰에서 다시 한번 이 영화가 품은 내면의 테마를 끄집어내면서, 마거릿 미첼의 원작 또한 과거 남부와 새로운 남부의 대결을 보여 준다고 지적한다. 예상하다시피 애슐리는 과거를, 스칼렛은 새로운 세상을 상징한다. 앞서 언급했듯 남부의 몰락으로 배고픔과 가난이 일상이 되어 버린 새로운 세상 속에서 애슐리는 스칼렛의 가치를 밝힌다.

"이런 세상은 내게 죽음보다 고통스럽소. 내가 설 자리가 없는 세상이오. 당신은 두려움을 모르니 이해하지 못할 거요. 당신은 현실을 직시하지. 나처럼 도망치지 않아. …… 당신에겐 지켜야 할 **명예**가 있잖소."

이렇게 말하며 타라의 흙을 스칼렛의 손에 쥐여 준다. 스칼렛에게 가장 큰 상처와 고통은 굶주리는 현실이지만, 결국 그녀가 지켜 내야 할 것은 부친도 말했듯이 "흙"으로 상징되는 삶의 가치다. 원작자 미첼은 애슐리의 입을 통해 그것을 "명예"라고 불렀고, 레트 버틀러의 입을 통해 "명분"이라고 칭했다.

스칼렛의 에고 마음과
높은 마음

스칼렛은 황폐화된 타라의 땅에서 울부짖으며 반드시 극복하고 다시는 고통 받지 않겠다고 다짐한다. 그런데 절묘하게도 이 막막한 현실 앞에서 스칼렛은 단 한 번도 죽음을 떠올리지 않는다. 말하자면 주인공 세 사람은 각자 자신만의 방식으로 이 뒤집힌 세상에 대응하고 있는데, 스칼렛은 유독 삶의 의지를 강하게 표출한다. 데이비드 호킨스는 『치유와 회복』에서 이런 경향을 보인 사람들에 대하여 다음과 같이 기술했다.

"온갖 상처와 상실에도 개의치 않고 꿋꿋이 살아가는 사람들이 있다. 어떻게 된 일인지 그들에게 삶은 여전히 의미가 있어 보인다. 그들이 우리보다 더 강하거나 도덕적으로 더 엄격하기 때문일까? 그렇지 않다. 그들은 삶에서 더욱 큰 의미를 발견했기 때문이다. 하찮은 의미를 내려놓고 더욱 큰 의미를 찾은 것이다."

여기서 언급된 "하찮은 의미"와 "더욱 큰 의미", 이 대조는 흥미로운 맥락을 제공한다. 『진실 대 거짓』에는 스칼렛의 태도를 이해하는 데 유용한 부분이 나온다. 호킨스는 '마음의 기능’을 설명하면서 ‘에고 마음’과 ‘높은 마음’을 대조하여 나열하는데, 스칼렛이 보이는 태도는 고스란히 이 목록 안에서 확인된다. 여기서 흥미로운 점은, 호킨스의 지적대로 “모든 점진적 변화는, 강도를 반영하는 대조적 쌍들 간에 존재한다.” 가령, 스칼렛이 모든 것을 비난하면서 감정에 휩싸이는 태도는 의식지수 155의 ‘에고 마음’이지만, 타라의 흙에 영감을 받아 미래에 초점을 맞추면서 이 상황을 책임진다는 의지는 의식지수 255로 측정되는 ‘높은 마음’이다. ‘회피하는’ 태도의 반대 쌍에는 바로 ‘직면하고 수용하는’ 높은 마음이 있다. 과연 이렇게 높은 마음으로 진입하게 된 이후 스칼렛은 좀 더 충실해지고 결국 나름의 행복함을 느끼는 순간도 나온다. 충실하고 행복한 것은 호킨스의 ‘영적 토대’ 기초로 등장하는 경험과 태도다. 각각 의식지수 365와 395에 해당하는 이 태도의 숫자에서도 알 수 있듯, 호킨스는 “측정 수준 200 이상의 에너지 장에서 영위하는 삶은, 180 수준에서 사는 삶과 전혀 다르다.”고 단언했다. 더구나 그는 이 영화와 원작의 의식 수준을 공히 400으로 제시한다. 400은 ‘이성’의 수준이며 신에 대해서는 ‘현명한’ 관점을 보인다.

사실 스칼렛이 처한 상황과 나름의 선택은 호킨스가 『진실 대 거짓』에서 언급한 것과 유사하다. 그녀가 엄청난 두려움을 느끼는 순간은 곧 자신과 타라의 운명이 오직 자신의 손에 달려 있다는 현실을 마주했기 때문이다. 흔히 말하듯 천국과 지옥은 자기 손에 달려 있다고 하지 않던가. 이에 대하여 호킨스는 "자유의 문을 여는 열쇠는, 신성한 명령으로 전 인류에게 주어진 카르마적 유산이라는 은총에 따르는 것"이라고 한다. 그렇다면 언뜻 스스로 감당할 수 없는 욕망처럼 보이는 스칼렛의 삶의 의지는, "카르마적 유산이라는 은총"을 내 손으로 받아들인다는 신성한 진실을 수용한 것일까. 사실 절묘하게도 스칼렛은 분노를 느끼면서도 오히려 신이 존재하며, 끊임없이 신이 지켜보고 있다는 사실을 잊지 않는다. 열정과 욕망, 충만과 결핍, 분노와 슬픔이 정반합으로 계속 이어지는 변주곡을 닮은 그녀의 심리적 맥락은 결국 새로운 의식의 장으로 들어가기 위한 긴 도입부와 같다.

타라의 흙,
삶과 죽음 그 자체

스칼렛이 결정적 순간마다 타라를 떠올리는 것은 그곳이 바로 삶과 생명을 지탱하는 땅이기 때문이다. 레트 버틀러는 스칼렛에게 녹색 모자를 선물하며 말한다. "당신보다 녹색이 잘 어울리는 사람은 없을 거요." 그녀의 녹색은 붉은 흙 위에 선 풀과 나무의 생명력을 대신한다. 테크니컬러(Technicolor)로 제작된 최초의 메이저 영화라는 타이틀이 달린 「바람과 함께 사라지다」에서 그 기술의 효과가 가장 극적으로 재현되는 장면은 다름 아닌 붉은 노을빛을 후경으로 나타난 인물의 프로필이다. 땅위에 선 인간의 모습이 가장 선명하게 드러나는 장면이다. 한창 파국으로 치닫는 전쟁을 표현하기 위해 감독은 자막을 통해 "하늘에서 죽음을 비처럼 내렸다."고 표현하지만, 타라의 땅은 그 죽음의 비에도 아랑곳하지 않고 새로운 삶을 잉태한다.

스칼렛은 바로 그 땅에서 다시 태어나는 초록의 생명을 상징한다. "땅만이 일하고 싸우고 죽을 가치가 있어. 세상 끝까지 남는 건 땅뿐이야."라는 부친의 단호한 말에 그녀의 반응은 매우 의미심장했다. "마치 아일랜드인처럼 말씀하시네요." 여기 미국 남부의 땅과 흙 앞에서 타라의 여신이 무의식적 내면에 깊이 박힌 흙에 대한 애증을 단 한마디, "아일랜드인처럼"이라고 표현하고 있다. 극 중 스칼렛은 아일랜드에서 미국으로 건너와 자수성가한 집안에서 태어났다. 알다시피 1840년대 대기근으로 대서양 건너 신대륙으로 정처 없이 이주하여 그야말로 본래의 터전을 잃고 살아야 했던 아일랜드계 미국인에게 주어진 것은, 북미 대륙의 거친 땅과 목숨을 이어 가야 할 눈물 어린 생존 본능뿐이었다. 이렇게 하여 시작된 슬픈 아일랜드인 디아스포라 서사의 아메리칸드림은 단 하나, 신대륙에 자신의 뿌리를 다시 심는 것이었다. 오하라 가문은 그렇게 타라를 일구었고,

구대륙 아일랜드의 거친 흙은 대서양 건너 신대륙 남부로 이식되었으며, 급기야 남북 전쟁의 소용돌이 속에서 진정한 흙과 내 땅의 의미는 무엇인가, 라는 아일랜드 특유의 정서를 건드리게 되었다.

'아일랜드 문학의 땅'이라고 해도 과하지 않을 시인 예이츠와 히니가 평생 보여 준 시적 정서를 살펴보면 슬픔과 그리움이 묘하게 결합된 그 특유의 정서가 무엇인지 어렴풋이 엿볼 수 있다. 예이츠는 그토록 이니스프리를 갈망하고, 히니는 "검은 버터" 같다고 표현한 아일랜드의 진흙을 파헤친다. 그들에게 아일랜드의 흙과 땅은 무엇이었을까? 나는 그 해답을 6년 전, 더블린 국립고고학박물관에서 찾을 수 있었다. 그곳에 가면 아일랜드 진흙 속에 원형 그대로 남은 특유의 미라, '보그맨(bogman)'이 전시되어 있다. 보그맨은 아일랜드 흙이 품은 끈질긴 시간을 알려 준다. 그들의 뼈와 머리카락과 손톱은 때론 4,000년 전 모습 그대로 남아 21세기 이방인에게 자신이 누구인지 응답한다. 아일랜드의 흙은 삶과 죽음, 그 자체다. 스칼렛에게 바로 타라가 그렇다.

스칼렛,
미국의 땅

「바람과 함께 사라지다」는 남북 전쟁을 배경으로 삼는
다. 1861년부터 1865년까지 계속된 그 전쟁은 미국 역사상 가장
많은 생명을 앗아 갔다. 통계를 살펴보면 20세기에 미국이 참전
한 모든 전쟁의 사망자를 합친 것보다 더 많은 인명 피해를 기
록했다. 이 참담한 상황을 영화에서는 애틀랜타역 앞에 끝도 없
이 늘어선 부상병과 죽은 병사의 주검으로 보여 준다. 카메라가
점차 멀어지면서, 그들의 몸과 비명은 마치 무중력 상태에 찍힌
일말의 점에 지나지 않는다.

　　데이비드 호킨스는 『진실 대 거짓』에서 영적 관점에
서 볼 때, 1800년대는 미국의 암흑기라고 전제하면서, 그 예로
"아메리카 평원 인디언을 조직적으로 대량학살한 일은, 물소
5,000만 마리를 고의로 도살한 것과 마찬가지로 끔찍하고 야만
적인 짓이었다."고 일갈했다. 흥미롭게도 호킨스의 이런 관점에
덧붙여 융 심리학자 제임스 힐먼은 『전쟁에 대한 끔찍한 사랑』
에서 남북 전쟁의 유혈을 아메리카 인디언 공동체의 유혈과 연
결하여 독창적인 분석을 시도한다. 과연 미국의 땅은 남북 전쟁
으로 흘린 피를 어떻게 받아들이는 것일까?

"그 땅—모성의 대지로 생각해도 좋다.—이 피를 요구한다고 상상해 보라. …… 미국 땅에 영원히 없어지지 않을 표시를 남기고 미국 국민의 품성에 상처를 입혔던 남북 전쟁을 세속의 기독교 사회가 그 전쟁 전까지 기억하지 못했던 신이나 신들에게 바치는 희생제의였다고 상상해 보라. 바로 미국 땅의 신, 그 땅에서 숭상받았던 신, 미국이 남군과 북군으로 나뉘기 훨씬 전 수 세기 동안 토착민들의 가슴에 살아 숨 쉬었던 신에게 바치는 제의였다고 상상해 보라. …… 남북 전쟁을 통해 그 땅은 교훈을 주었다. …… 희생의 피는 신성한 것으로 변한다. …… 평온, 은폐, 고요, 한적, 내면성, 깊이, 숨김, 재, 침묵. 바슐라르가 땅에 대한 시학을 전장까지 확장하지 않았지만, 우리는 분명 바로 그 지점에서 양극단으로 노출된 땅의 속성을 발견하게 된다."

19세기 비극적 상황의 무의식에 내재된 이 신화적 맥락을 따라간다면, 20세기에 미국이 스칼렛 오하라와 영화 「바람과 함께 사라지다」를 통해 무의식적으로 바라던 것이 분명해진다. 그것은 바로 실체적 전쟁의 살육 없이, 영화라는 대중문화와 대중미학이라는 무해한 희생제의를 이용하여 심리적 판도를 역전시키고 새로운 대지의 여신이라는 상징을 도입하는 일이다. 낭자한 유혈은 영화 스크린 안에 안전하게 밀봉된 상태다. 다시 말해, 대공황 속에서 2차 대전을 앞둔 20세기 초반, 미국인은 죽음의 피로 물든 땅을 녹색의 생명이 자라는 땅으로 바꿀 새롭고도 고전적인 상징이 필요했다. 어쩌면 미국은 전 시대의 '카르마적 유산'을 받아들이는 새로운 패턴이 필요했던 것이다.

그녀의 이름 '스칼렛'은 빛의 스펙트럼에서 빨강과 주홍 사이에 있다. 영화 속, 노을빛과 타라의 붉은 흙은, 그리고 어쩌면 붉은 유혈은 바로 스칼렛 오하라 자신이었던 것이다. 본래 대지의 어머니는 죽음과 삶을 동시에 관장한다. 그녀로 상징되는 새로운 삶의 건설은 결국 상실과 죽음을 딛고 일어서야만 가능해진다. 독립국가 미국은 바로 그렇게 이루어졌다. 아이러니하게도, 비비안 리는 인도 다즐링에서 태어나 영국에서 성장했고 스칼렛 오하라는 아일랜드 핏줄이다. 이민자의 나라, 미국은 바로 그렇게 세워졌다. 21세기, 지금 이 시점에도 이 사실은 결코 변하지 않는다. 그렇다면 21세기 이 전쟁 같은 상황이 다 지나간 뒤에 북아메리카 평원은 인간에게 또 어떤 이야기를 들려줄까?

누구에게나 기적은 이렇게 시작된다

크리스마스 캐럴
A Christmas Carol 499

TV 광고에 난데없이 등장한 프랑켄슈타인. 얼어붙은 설산(雪山) 속 외딴집에서 거친 손으로 오르골을 돌리며 아이폰에 음악을 녹음한다. 그리고 신사용 모자까지 챙겨 쓰고 눈밭에 던져진 작은 우편물을 집어 들고 집을 나선다. 크리스마스트리가 환하게 켜진 광장에는 남녀노소 마을 사람들이 모여 있다. 우편물은 바로 빨강과 초록 크리스마스 전구. 그는 전구를 꺼내 귀 아래에 꽂아 불을 켜고는 녹음한 음악을 튼다. 경계하는 눈빛의 사람들. 문득 작은 여자아이가 그에게 다가와 그새 꺼져 버린 초록 전구를 켜 주고 노래를 따라 부른다. 그러자 주변 사람들이 함께 노래를 부르고 이 모습에 감동받은 프랑켄슈타인은 눈물을 흘린다. 이 장면 위로 "누구에게나 마음을 연다면(Open Your

Heart To Everyone)"이라는 광고 카피가 올라간다. 다시 찾아온 겨울, 크리스마스 시즌이 다가오자 그 따스한 기운이 문득 그립다.

찰스 디킨스의 꿈

1843년 겨울에 단 6주 만에 완성된 찰스 디킨스의 『크리스마스 캐럴』은 그해 12월 19일에 출간되었다. 당시 크리스마스 이브까지 일주일간 무려 6,000부가 판매되었으며, 그 이후 단 한 번도 절판된 적이 없다. 출간 이후 170여 년 동안 크리스마스 시즌이면 떠오르는 작품으로 끊임없이 감동을 안겨 준 이 소설은 현재까지 영화로 각색된 작품만도 스무 편이 넘는다. 흥미롭게도 거의 모든 비평가들은 그중 1951년 버전을 『크리스마스 캐럴』의 결정판이라고 입을 모은다.

1951년 11월 미국 개봉 당시, 《뉴욕 타임스》의 보슬리 크라우더는 "찰스 디킨스의 소설을 영화화했으니 이 소설의 탄생을 감안한다면 영국에서 만들어진 이 합당한 영화는 크리스마스 시즌 동안 매우 인기를 끌 것 같다."고 평가했다. 또한 "제작자는 크리스마스에 영적으로 새로 태어나는 모습을 그린 디킨스의 고전을 충실히 지키면서도 친숙한 캐릭터를 창의적으로 재창조했다. 영국에서 사랑받는 유명 배우 알라스테어 심은 스크루지 역할을 매우 인상적으로 해냈다.”고 호평했다. 특히 런던 찰스 디킨스 박물관의 공식 가이드 리처드 존스도 “1951년 버전이 원작을 가장 잘 소화한 영화이자 크리스마스 고전이라고 불릴 만큼 진정성 있게 잘 만들어진 작품”이라고 말한다.

1843년 찰스 디킨스는 당시 잉글랜드의 가난한 사람들이 처한 어려움에 독자들의 관심을 이끌어내기 위해서 이 소설을 썼다. 소설은 그들이 처한 고통을 간접적으로 묘사하면서 크리스마스 시즌의 감성과 감동을 적절히 조합했다. 영화에서 젊은 스크루지, 페지위그 등이 나누는 대화를 보면 당시 시대의 흐름과 인식을 읽을 수 있다.

조르킨: 이제 곧 기계와 공장의 시대가 찾아오게 될 것입니다.

페지위그: 하지만 사람은 단지 돈 때문에 평생 사업을 하는 건 아닙니다. 인생의 가치를 보존하기 위해서입니다. 저는 예전의 방식을 고수하렵니다. 구시대의 유물로 생각되더라도요.

조르킨: 사람들이 세월에 대해서 뭐라고 하는지 아시죠? 절대로 기다려 주지 않습니다.

페지위그: 인생은 돈이 다가 아닙니다.

젊은 스크루지: 기계가 인간에게 유익한 것만은 아닐지도

모른다는 생각입니다.

조르킨: 여기보다 월급을 두 배로, 그것도 선불로 준다면 옮길 텐가?

젊은 스크루지: 그래도 돈이 다는 아니라고 말씀드리겠어요.

그러나 결국 스크루지는 새 회사로 옮겨 가고 거기서 파트너가 될 말리를 만난다. 그 사이 냉소적으로 변해 버린 스크루지.

젊은 말리: 이제 시대는 새로운 바람이 불고 있습니다. 조용한 바람은 아닐 듯싶어요.

젊은 스크루지: 세상은 잔인하고 힘든 곳으로 변하고 있다고 생각합니다. 기회를 훔치지 못하면 살아남을 수가 없지요. 약한 마음으로는 절대로 견뎌 낼 수가 없어요.

이와 관련해 《뉴욕 타임스》의 크라우더는 이렇게 평했다. "스크루지의 인생 이야기는 (당시 사회의) 우울한 영역을 짧게 경험하는 것과 같다. 19세기 잉글랜드의 가난과 무지의 양상이 그대로 드러난다. 결국 이 영화는 당시 디킨스가 시사하려고 했던 인간의 비열함이, 그 어떤 인위적 윤색에도 숨겨질 수 없다는 점을 말하고 있다." '영국영화협회'의 마이클 브룩의 평도 귀 담아 들을 만하다. "빅토리아 시대 런던 배경은 효과적이다. 영 화는 크리스마스카드에 나올 법한 화이트 크리스마스 광경과 집도 없이 떠도는 사람들의 모습을 모두 담았다. 이로써 스크루 지의 냉담한 성격이 부각되며 동시에 디킨스가 원작에서 파고 들었던 당시 빈곤 사회에 대한 개혁적 열기까지 상기시켜 준다."

짧은 시간 여행을 통해 인간의 고뇌, 고통, 슬픔, 사랑, 심 지어 무의식적 환영까지 다루고 있는 이 영화는 어쩌면 가장 인 간적인 접근이 필요할 것이다. 어린 시절, 디킨스는 빚을 갚지 못해 감옥에 들어간 아버지를 지켜봐야 했고, 어머니와 형제자 매들과 떨어져 아동 노동자로 일해야 했다. 12살 그때의 경험은 두고두고 정신적 상흔이 되었으며, 작품마다 홀로 남겨지거나 이러저러한 곤경에 처한 소년의 이야기가 등장한다. 영화 속 크 래칫 가족이 살아가는 런던 북쪽 교외 캠던 타운의 빈민촌은 바 로 이 시기에 디킨스 가족이 살던 곳이기도 하다.

런던의 찰스 디킨스 박물관에 가면 25살에 펴낸 첫 소설 부터 평생 대중과 평단의 인기를 누린 디킨스의 모습은 물론 어 릴 적 고통까지 다 볼 수 있다. 2014년 초여름, 런던에서의 마지 막 날, 대영도서관을 들른 뒤 나는 이곳을 찾았다. 그곳의 모든 작품과 물건과 그림이 디킨스를 말해 주고 있었지만 4층(Floor 5) 에 올라갔을 때 만난 광경은 그 이상이었다. 그곳 한가운데에서 공간을 분리하는 것은 다름 아닌 감옥 쇠창살. 이는 냉혹한 세상 속, 불행한 삶이 안긴 고통과 분노, 무기력하고 비참했던 디킨스 자신의 삶과 그가 평생 전하고자 했던 사회적 메시지를 그대로 상징한다.

변모,
진리의 신으로 향하는 여정

『크리스마스 캐럴』원작과 영화의 공통된 주제는 스크루지가 변모하는 과정이다. 그의 악덕이 현실을 고발한다면, 변모한 그의 모습은 현실이 지향하는 미덕인 셈이다. 인간의 변모에는 반드시 고통과 성찰이 뒤따른다. 스크루지는 기계나 컴퓨터가 아니라 인간이다. 시대와 공간은 다르지만 이 영화 속 인물들은 지금 우리가 살아가는 사회와 사람들의 모습을 비추기도 한다. 그래서 데이비드 호킨스는 『의식 혁명』에서 이렇게 분석한다.

"디킨스의 『크리스마스 캐럴』은 우리 모두의 삶에 관한 이야기다. 우리 모두는 스크루지다. 하지만 우리 모두는 꼬마 팀이기도 하다. 우리 모두는 이기적인 동시에 어떤 영역에서는 불구다. 우리 모두는 밥 크래칫 같은 피해자이고, 그리고 우리 모두는 스크루지를 위한 건배를 거절하는 크래칫 부인 같은 분개한 도덕주의자다. 과거 크리스마스 유령은 우리의 모든 삶에 출몰하고, 미래 크리스마스 유령은 우리 모두에게 자신과 타인의 존재를 다 같이 고양시킬 선택을 하라고 손짓한다."

결국 변해야 할 상황에 빠진 인간은 고통과 슬픔의 과거에 직면해야 한다. 87분 정도 되는 이 영화에서 스크루지는 무려 25분간 과거 크리스마스 유령과 함께한다. 어릴 적 따돌림을 받던 외로운 아이부터 청년 사업가까지, 그는 모든 장면마다 고통에 일그러진 표정을 감추지 못한다. 앞서 언급했던 '영국영화협회'의 마이클 브룩은 이 여정에서 가장 결정적 장면은 약혼녀가 던지는 대사에 있다고 말한다. "그중 가장 권위 있는 진짜 목소리는 앨리스에게서 나온다. 결정적 장면에서 그녀는, 스크루지가 동료 인간보다 물질적 부를 더 소중히 생각한다고 신랄하게 비판한다." 단순히 돈 버는 일에 탐닉하는 게 아니라, 더불어 인생을 살아가는 주변 사람들을 귀하게 여기지 않는다고 지적하는 맥락은 의미심장하다. 나중에 스크루지는 어려운 사람들과 주변 모든 이에게 귀 기울이고 베풀어 주는 사람으로 변모하며, 앨리스는 크리스마스에 가난한 사람들에게 음식을 나누어 주는 모습으로 등장한다.

처음에 과거 유령이 나타났을 때, 스크루지가 왜 자기를 찾아왔느냐고 묻자 유령은 이렇게 답한다. "자네의 행복을 찾아 주기 위해서지. 아니, 자네의 행복을 되돌려 주기 위함이라고 하세." 그리고 유령들이 모두 사라지고 새로 맞은 크리스마스 아침. 가정부 딜버 부인에게 크리스마스 선물을 주고, 크래칫에게 칠면조 고기를 보내고, 다음 날 늦게 출근한 크래칫에게 월급을 올려 주고 도울 방안을 의논하자는 스크루지.

"난 이렇게 행복할 자격이 없는데…… 그래도 웃음을 참을 수 없어. 천사같이 기분이 좋아. 어린아이처럼 유쾌해. 술에 취한 것 같은 기분이야. …… 내가 정신이 나간 게 아니라, 이제야 정신을 차린 거네. …… 이제는 내가 아는 게 없다는 걸 알았네. 나는 아는 게 없다네. 애초부터 없었지. 이제는 내가 아는 게 없다는 걸 알아 버렸다네."

데이비드 호킨스가 『의식 혁명』에서 "크리스마스의 에너지 수준을 측정해 보면[535], 힘은 인간 가슴 자체 속에 거하고 있음이 자명해진다."고 말했듯이, 크리스마스의 본질적 의미는 지나온 시간과 행적에 대한 성찰과 깨달음으로 밝혀진다.

바로 이 결말에 이르기까지, 이 영화의 압권은 스크루지가 보여 주는 희로애락의 디테일에 있다. 2009년 로버트 저메키스가 퍼포먼스 캡션 기술로 화려하게 부활시킨 3D 영화「크리스마스 캐럴」을 내놓았을 때, 《가디언》의 피터 브래드쇼는 이렇게 평가했다. "스크루지가 과거 속으로 고뇌에 찬 도덕적 여정을 거치는 장면. 그러나 그 여정을 압축하는 과정에서 성실한 열정은 빠져 버리고 매우 밋밋하게 처리된다. 첨단 기술은 대단하지만 (적어도 이런 이야기에서는) 진짜 인간의 얼굴이 진짜 인간의 감정을 전하는 모습을 보고 싶다." 1951년 11월 개봉 당시, 보슬리 크라우더도 이와 비슷한 맥락을 전한다. "이 모든 것은 스크루지가 고통 받는 장면과 싸늘하고 슬픈 분위기의 환영을 통해 표현된다. 이런 요소는 사랑과 즐거움을 표출하는 종래의 관습과 다르지만 디킨스의 도덕에는 일치하며, 결국 신랄하면서도 감동적인 크리스마스 영화를 만들어 낸다."

데이비드 호킨스는『현대인의 의식 지도』에서 "내면의 탈바꿈은 고요한 기쁨, 안도, 더 큰 내면의 자유, 그리고 평화를 동반한다."고 말했다. "따라서 변모/탈바꿈은 자아가 상실하면서 겪는 일이 아니라 참나가 출현하고 펼쳐지는 것으로 경험된다. …… 이 과정에서 실제로 나타나는 일은, 오래된 것을 대신하고 대체하는 상태나 조건의 변화다." 스크루지의 변모와 새로운 탄생은 그동안의 오만을 버리고 참된 윤리를 깨우치는 과정이다. 그 결과, 호킨스의 말처럼 "참다운 도덕성은 오만이 아니라 겸손과 감사와 자비로 이어진다."

결국, 디킨스 원작의 진짜 힘은 '나는 누구인가'라는 무거운 질문을 던지고 그 해답으로 사랑과 연민의 크리스마스 정신을 일깨우면서, 그 과정이 결국 진리(의 신)으로 향하는 여정임을 밝힌 데에 있다. 호킨스는 찰스 디킨스 작품의 의식 수준을 540으로 제시한다. 의식 지도에서 540은 500과 600 사이에 단순히 존재하는 지점이 아니라, 540이라는 고유의 수준으로 나온다. 신에게는 하나됨을, 자신에게는 온전함을, 기쁨과 평온으로 느끼는 이 수준은 놀랍게도 **'변모'**의 과정으로 제시된다.

삶의 여정 속에
온전히 존재함으로써만

1861년 런던, 디킨스의 『크리스마스 캐럴』 공개 낭독회에 왔던 톨스토이. 그 톨스토이의 『사람은 무엇으로 사는가』(1885)에서 전하는 세 가지 질문은 다음과 같다.

"사람의 마음에는 무엇이 있는가,
사람에게 주어지지 않는 것은 무엇인가,
사람은 무엇으로 사는가!"

지혜와 어리석음, 믿음과 의심, 빛과 어둠, 희망과 절망, 전부와 무, 이 모든 인간의 조건에서 결국 우리가 할 수 있는 것은 단 하나, 다시 사람과 세상에 손을 내미는 것이다. 삶의 해답은 살아가는 그 여정 속에 온전히 존재함으로써만 발견할 수 있다. 앞서 TV 광고 속의 프랑켄슈타인이 두려움을 안고서 음악과 전구를 들고 마을 광장에 나타난 것처럼, 실은 그보다 먼저 오르골을 정성스레 돌리던 그 손끝부터 그렇게 변모의 여정은 시작된다.

　　크리스마스 유령을 따라 시간 여행을 했던 스크루지가 그저 제3의 누군가가 아니라, 나와 우리를 대신해 그 모든 경험을 하고 돌아왔음을 부인할 사람은 없다. 결국 크리스마스 유령은 형상과 내용을 달리하여 저마다의 삶에 끊임없이 등장한다는 사실을 인정할 수밖에 없다면, 남은 선택은 단 하나뿐이다. 호킨스의 말처럼 나와 나를 둘러싼 타인의 존재를 한층 높일 수 있는 선택을 하는 것이다. 이제, 우리가 답할 시간이 왔다. 나의 마음에는 무엇이 있으며, 나는 무엇으로 살아가는지 이 질문에 사소한 글자 하나, 구두점 하나 찍었다면 이미 크리스마스의 기적은 시작되었다.

내 소소한 언어의 어깨에 기대어

저녁 6시를 지나는 시간, 도서관 창밖, 본부 건물 앞뜰로 이어진 풍경 위로 초승달이 환하게 웃고 있다. 봄날같이 따사롭던 저녁 퇴근길, 오늘 하루의 마지막 햇살을 받은 배롱나무 잔가지 붉은 꽃이 봄처럼 해사하다.

초등학교 시절 이후, 난생처음으로 머무는 곳과 일하는 곳까지 아침저녁 두 발로 걸어 다니는 나날을 보내고 있다. 아침에 아파트 후문을 나서면 바로 앞 초등학교에 다니는 꼬마들의 책가방에 둘러싸여 횡단보도를 건너, 산딸나무와 장미 울타리 담장을 따라 걸어서 일터로 향한다. 저녁이면 하나둘씩 켜지는 가로등 불빛 아래로 저절로 생긴 내 그림자를 신기해하며, 아카시아와 꽃사과 나무의 인사를 받고 기지제(機池堤) 너머로

지는 해를 바라보며 걸어서 귀가한다.

늦여름 하늘이 시리게 푸른 날이면 잠깐 멈춰 고개를 들어 해를 닮은 구름을 보고, 가을 나뭇잎이 발갛게 물오른 날이면 잠시 멈춰 땅에 떨어진 단풍잎을 줍고, 봄날 홀씨를 품은 바람이 간지럽히듯 불어오는 날이면 금세 멈춰 코끝을 찡긋하고, 겨울날 이르게 켜진 도시 불빛이 아련히 손짓하는 날이면 내가 머무는 이곳 도시를 아주 먼 고대 유적처럼 굽어보곤 한다. 그리곤 생각한다. 이런 호사를 누려도 되는 걸까. 지금 서 있는 순간, 나를 감싸는 공기가 무척이나 낯설고 따스해서 그만 그 자리에 풀썩 주저앉아 울어도 좋을 것만 같다.

이 책에 담긴 글은 서울 사직로의 정부기관에서 '무관말직'으로 일하고 있을 때 시작했다. 마침 작업실도 도렴동 근처에 있어 그 시절, 광화문 위로 뜨는 달빛과 별빛과 햇빛은 나의 가장 어여쁜 친구였고, 세종로 성당은 가장 신실한 도피처였다. 그로부터 3년이 지나 온고을 기지로의 준정부기관에서 역시 '무관말직'으로 일을 끝내고 몌별(袂別)한 후에 이 책을 마무리하게 되었다. 장차 1만 개의 성읍이 번성할 것이라던 시골 만성동이 그 이름값을 하며 혁신도시로 거듭난 이 완사명월(浣紗明月)의 새롭고도 오랜 동네는 나를 애써 돌아온 탕아처럼 품어 주었다.

가로등 불빛의 은혜로 문득 땅 위에 그려진 내 그림자를 찍고 보니 그림자에 비친 저 우산 속에 가을이 훌쩍거린다. 비로소 가을이다. 언젠가 나의 다른 책에서도 이 말을 했던 기억이 난다. 시간을, 삶을, 사랑을, 사유를 지도처럼 펼치는 영화를 보고 글을 쓰는데, 그렇다면 이런 글을 한 편씩 쓸 때마다 나는 삶에 더 가까이 다가가고 있는 것일까, 아니면 삶에서 더 멀어지고 있는 것일까? 가을 앞에선 별수 없이 이 문장이 나를 말갛게 들여다본다.

"하나의 아름다움이 익어 가기 위해서는 반드시
하나의 슬픔과 하나의 고독도 함께 깊어져야 한다고
믿었던 사람."

— 김병종 『화첩기행』

때마침 스치는 이 구절이 잠시 언어의 어깨를 빌려준다. 왜 그랬을까. 이 구절을 만나고, 그 주인공의 공간과 시간과 사람을 알게 된 이후 이 아름다움의 역설은 줄곧 내가 쓰는 글과 내가 이어 가는 삶의 영원한 에필로그처럼 심중에 새겨졌다.

그 역설의 일렁임 속에서도 이 책이 누구에게든 잠시 기댈 수 있는 소소한 언어의 어깨가 되었으면 좋겠다. 삶의 계절이 지나갈 때마다 내 곁을 둘러싼 작은 풍경이 되어 마음이 글

썽이는 숱한 순간을 지켜봐 주고 말없이 곁을 내어 주는 언어의 어깨가 되기를, 이 작은 바람 하나 놓아 보고 싶다. 여기에 행여 고독과 설렘이 어느 때고 해사한 얼굴로 찾아온다면 이따금 그 순간을 보통의 언어로 기억하고 기록할 수 있기를, 이 사소한 당부도 함께 전하고 싶다.

감사의 말

      마침 온고을에 왔으니 5월이면 시작되는 전주국제영화제를 즐기게 될 줄 알았으나, 결국 이런저런 상황 때문에 영화제와 인연을 이어 준 것은 그곳에 머무는 동안 보았던 이전 출품작 두 편이었다. 공교롭게도 두 편 모두 배우 에단 호크가 주연하거나 제작한 작품이었다. 이미 지나간 시간 속에 있던 영화였음에도 서울이 아닌 온고을에서 보게 된 2016년 제17회 개막작 「본투비 블루」와 2015년 출품작 「피아니스트 셰이모어의 뉴욕 소네트」가 바로 그들이다. 이 영화를 보고 나서 연이어 에단 호크가 쓴 중세풍 우화 『기사의 편지』를 읽기까지 그리 긴 시간이 필요치 않았다. 한데 『기사의 편지』 마지막 감사의 말은 그 후로 오랫동안 기억에서 떠나지 않았다. 더 솔직히 말하자면 그 감사의 말을 보는 순간 이미 결심을 하고 말았다. 내가 조만간 감사의 말을 쓸 기회가 찾아온다면 바로 이 지점에서 이 형식으로 출발하겠노라고!

저 위에서부터 시작하자면 '영문학의 아버지'로 인정받는 14세기 제프리 초서와 '영문학사의 위대한 작가'로 추앙받는 16세기 윌리엄 셰익스피어에게 먼저 감사의 인사를 전한다. 학부에서 박사 과정까지 공부하고, 훗날 오랫동안 연구와 강의를 하면서도 터놓고 아낌없는 애정을 보낸 적 없는 그들이었다. 그런데 고요히 돌아앉아 살펴보니 내가 쓴 글 속에 가장 자주 등장하고 어김없이 인용되는 문장은 바로 이 두 사람이었다. 그런 까닭에 캔터베리와 스트랫퍼드 어폰 에이븐에 가서 그들의 흔적을 직접 밟고 나서야 비로소 마음의 빚을 내려놓을 수 있었다는 사실을 또다시 밝혀야겠다. 결국 내가 풀어놓는 문장과 내가 지닌 교양의 절반 이상은 바로 이들로 대표되는 영문학에서 비롯되었음을 부정할 수가 없다. 내 문학의 영원한 기사들인 키츠, 블레이크, 오스틴, 브론테, 브라우닝, 디킨스, 테니슨, 로렌스, 예이츠, 버나드 쇼, 조이스, 울프, 반스, 이시구로, 헬렌 맥도널드 그리고 대서양 건너 포, 멜빌, 소로, 휘트먼, 에밀리 디킨슨, 잭 런던, 오 헨리, 오닐, 앨리스 워커, 토니 모리슨, 손택, 누스바움, 이창래, 하진에게 경의를 표하고 싶다. 인도의 타고르,

러시아의 톨스토이, 일본의 소세키, 중국의 루쉰, 칠레의 네루
다, 남아공의 고디머 또한 영원한 기사들의 목록에서 빠질 수
없으며 더불어 더없는 존경을 보낸다.

　　외람되지만 내가 쓰는 산문의 태생적 원형이나 모범을
번역가이자 신화학자이자 소설가인 이윤기 선생에게서 찾곤
한다. 그의 장편 3부작 『하늘의 문』을 읽고 나서 한동안 시간과
공간의 감각을 잃어버린 채 지내야 했다는 고백과 더불어 산문
집 『시간의 눈금』은 앞으로도 언제나 나의 교본이 될 것임을 이
자리를 빌려 밝힌다. 그와 함께 두 번째 축의 영원한 기사들인
최치원, 다산, 윤동주, 백석, 나혜석, 박경리, 박완서, 허수경에
게도 머리 숙여 존경과 감사를 드리고자 한다. 이들의 시는 두
보, 타고르, 예이츠와 더불어 나 자신에게 줄 수 있는 가장 따뜻
한 위로와 사랑의 토닥임을 대신해 준다.

　　내 시간을 건너오는 동안 오래 머물렀거나 잠시 지나친
공간은 나를 온전히 받아 준 또 한 편의 시적 배경이었다. 이들
공간은 나를 이루는 세 번째 축의 영원한 기사들인 셈이다. 창
원, 서울, 마산, 전주, 광주, 통영, 진해, 부산, 경주, 진주, 여수,
목포, 강릉, 속초, 춘천의 공기와 바람에게 고맙다. 3월 통영국
제음악제와 10월 부산국제영화제, 근래 6년간 작업실 공간을
내주고 있는 광화문은 나의 문화적 유전자를 이루는 소중한 성

분이다. 내 영원한 기사들의 오랜 숨결이 남아 있는 서울, 런던, 더블린, 캔터베리, 도버, 스트랫퍼드 어폰 에이번과 그곳 도시를 유유히 흘러가는 한강, 템스, 리피, 스타우어, 도버 비치, 에이번 강물 위로 14세기부터 21세기까지 함께 만나던 순간을 기억한다. 마치 한여름 밤의 꿈처럼 여기 이 모든 공간의 하늘과 땅에 두고 온 나만의 애틋한 사연에게도 감사의 안부를 전하고 싶다.

물론 글을 쓰거나 준비하면서 고대 작가들처럼 예술적 영감이나 재능을 청하기 위해 성소를 찾아가 신에게 기도를 올린 적은 없다. 한데 가만히 생각해 보면 처음 이 글을 쓰기 시작했을 때부터 지금 마무리할 때까지 은연중에 뮤즈가 되어 준 존재들이 있다. 이런 면에서 내가 알지 못하는 시대에, 내가 모르는 영화라는 세상 속에서 나고 자라 내 마음의 스크린으로 성큼 찾아와 준 수많은 영화와 배우들, 주제음악에게 감사한다. 그리고 이들과 만나는 동안 내 영혼을 채워 준 진해 흑백의 피아니스트 유경아 선생의 연주에 그리움과 고마움을 보낸다. 생전에 그녀가 들려준 베토벤과 모차르트는 이 세상에서 가장 고독하고 서늘한 아름다움의 열정이었다. 아울러 뜻하지 않게 찾아와 영혼의 동족처럼 나를 지켜 준 유덕화와 BTS와 장민호의 음악에게도 은혜로운 감사와 사랑을 전하고 싶다. 내 심장과 연결되어 나를 글 쓰게 하는 존재들. 고맙고 감사한 이들은 이 글을 이루는 네 번째 축의 영원한 기사들이다.

아울러 나에게서 기원하지 않았으나 번역이라는 과정으로 나를 통해 세상에 나온 나의 살과 피 같은 존재들도 또 다른 뮤즈가 되어 주었다. 나의 영원한 매직샵과 닥터 도티, 죽음이 전하는 온전한 삶의 의미와 다섯 개의 초대장, 현대인의 의식 지도와 데이비드 호킨스, 아사신과 버나드 루이스, 소울코드와 제임스 힐먼, 5년의 꿈과 기적 파이브에게 새삼 고맙다. 이 작업을 하는 동안 예리한 길잡이가 되어 준 판미동 편집부 여러분께 머리 숙여 감사를 전한다. 뛰어난 역량과 풍부한 경험, 무엇보다 따뜻한 마음을 지닌 그들과 함께하였기에 나의 부족한 틈새를 채우며 오늘 여기까지 올 수 있었고, 다가올 내일을 기대할 수 있게 되었다.

마지막으로 이 모든 여정 위에서 나의 영원한 기사들과 나란히 걸어갈 수 있게 세상 속으로 나를 보내 주신 절대자와 부모님께 가장 귀하고 깊은 고마움과 사랑의 인사를 전해 드리고 싶다. 어릴 적, 주말의 명화와 명화극장에서 영화 정보와 배우들 이름을 알려 주는 아버지를 보며 처음으로 영화에 환상을 품었다. 남동생과 함께 만화 주제가를 부르면 카세트테이프에 녹음을 하고 들려주시던 엄마 아빠의 젊었을 적 모습도 스쳐 지난다. 그 동생이 결혼을 하고 아들을 낳아 내게 친자매 같은 올케와 친아들 같은 조카 윤이를 안겨 주었다. 더없이 고맙고 사랑한다. 그리고 우리 집의 소중한 강아지를 빼놓을 수 없다. 몇 년 전만 해도 번역 작업을 하고 있을 때면 귀여운 얼굴로 총총 다가와 초롱한 눈빛으로 안아 달라고 조르면서 노트북 자판까지 점령하기도 했던 마리가 새해 들어 만 스무 살을 넘겼다. 그래서였나. 이제 하느님께서 이 천사를 데리고 갈 때가 되었다고 생각했던 것 같다. 이 글의 초교를 수정하는 막바지에 아프기 시작했던 마리는 작업을 마친 다음 날 새벽 한 시가 되어 갈 무렵 무지개 다리를 건너 강아지별 천사가 되었다. 그 새벽 내내, 마리가 하늘로 가는 길을 비추어 주려는 듯 새하얀 눈이 소담하게 내렸다. 20년을 곁에 머물면서 200년의 사랑과 기쁨을 안겨 준 우리 마리에게 이 나직한 그리움을 띄워 보낸다.

때론 고단하고 때론 아름다운 내 삶의 나날들 속에서 지금 이 문장을 새기고 하루를 마감한다. 잊지 않으려고 무던히 기록해 온 지난 시간들과 앞으로의 여정을 어여쁘게 살펴 주실 독자들께도 머리 숙여 깊은 감사의 마음을 전하고 싶다.

부록

1부

어바웃 슈미트 About Schmidt (2002)
감독 알렉산더 페인
출연 잭 니콜슨
의식 측정 지수: 435

그랑블루 Le Grand Bleu (1988)
감독 뤽 베송
출연 장 르노, 장 마크 바, 로잔나 아퀘트
의식 측정 지수: 700

포레스트 검프 Forrest Gump (1994)
감독 로버트 저메키스
출연 톰 행크스, 로빈 라이트
의식 측정 지수: 475

컬러 퍼플 The Color Purple (1985)
감독 스티븐 스필버그
출연 우피 골드버그
의식 측정 지수: 475
앨리스 워커 작품 의식 측정 지수: 440

시티 라이트 City Lights (1931)
감독 찰리 채플린
출연 찰리 채플린
의식 측정 지수: 355

2부

햄릿 Hamlet (1948)
김독 로렌스 올리비에
출연 로렌스 올리비에

의식 측정 지수: 405
셰익스피어 작품 의식 측정 지수: 500

닥터 지바고 Doctor Zhivago (1965)
감독 데이비드 린
출연 오마 샤리프
의식 측정 지수: 415

아마데우스 Amadeus (1984)
감독 밀로스 포만
출연 톰 헐스, F. 머레이 아브라함
의식 측정 지수: 455
모차르트 작품 의식 측정 지수: 540

간디 Gandhi (1982)
감독 리처드 애튼버러
출연 벤 킹슬리, 캔디스 버겐
의식 측정 지수: 455

벤허 Ben-Hur (1959)
감독 윌리엄 와일러
출연 찰턴 헤스턴
의식 측정 지수: 475

3부

추억 The Way We Were (1973)
감독 시드니 폴락
출연 바브라 스트라이샌드, 로버트 레드포드
의식 측정 지수: 350

애니 홀 Annie Hall (1977)
감독 우디 앨런
출연 우디 앨런, 다이앤 키튼
의식 측정 지수: 355

카사블랑카 Casablanca (1942)
감독 마이클 커티즈

출연 험프리 보가트, 잉그리드 버그만
의식 측정 지수: 385

시애틀의 잠 못 이루는 밤 Sleepless in Seattle (1993)
감독 노라 에프런
출연 톰 행크스, 맥 라이언
의식 측정 지수: 350

4부

꿈의 구장 Field of Dreams (1989)
감독 필 알덴 로빈슨
출연 케빈 코스트너
의식 측정 지수: 390

스미스씨 워싱턴에 가다 Mr. Smith Goes to Washington (1939)
감독 프랭크 카프라
출연 제임스 스튜어트, 진 아서
의식 측정 지수: 395

금발이 너무해 Legally Blonde (2001)
감독 로버트 루게틱
출연 리즈 위더스푼
의식 측정 지수: 355

바람과 함께 사라지다 Gone with the Wind (1939)
감독 빅터 플레밍
출연 비비안 리, 클라크 게이블
원작 마거릿 미첼
의식 측정 지수: 400
마거릿 미첼 작품 의식 측정 지수: 400

크리스마스 캐럴 A Christmas Carol (1951)
감독 브라이언 데스몬드 허스트
출연 알라스테어 심, 캐슬린 해리슨
의식 측정 지수: 499
찰스 디킨스 작품 의식 측정 지수: 540

인용 및 참고 자료

1부

1. 어바웃 슈미트

리뷰

가디언 https://www.theguardian.com/culture/2003/jan/24/artsfeatures2
로저 에버트 https://www.rogerebert.com/reviews/about-schmidt-2002
뉴욕 타임스 https://www.nytimes.com/2002/09/27/movies/film-festival-review-an-uneasy-rider-on-the-road-to-self-discovery.html
롤링스톤 https://www.rollingstone.com/movies/movie-reviews/about-schmidt-110209/

책

『현대인의 의식 지도』데이비드 호킨스, 주민아 역. 판미동, 2016
『그 산 그 사람 그 개』펑젠민, 박지민 역. 펄북스, 2016
『주민아의 시네마블루: 기억을 이기지 못한 시네 블루』주민아. 작가와 비평, 2015

에밀리 디킨슨 시

https://www.bartleby.com/113/1006.html
https://www.edickinson.org/editions/1/image_sets/236193

2. 그랑블루

자크 마욜 부고

인디펜던트 https://www.independent.co.uk/news/obituaries/jacques-mayol-9247649.html
텔레그래프 https://www.telegraph.co.uk/news/obituaries/1380900/Jacques-Mayol.html
BBC http://news.bbc.co.uk/2/hi/europe/1726694.stm

리뷰

LA 타임스 https://www.latimes.com/archives/la-xpm-1988-08-19-ca-531-story.html
뉴욕 타임스 https://www.nytimes.com/1988/08/20/movies/review-film-rival-divers-brave-the-depths-of-the-sea.html
가디언 https://www.theguardian.com/film/2002/sep/19/news1

책

『의식 혁명』 데이비드 호킨스, 백영미 역. 판미동, 2011

『진실 대 거짓』 데이비드 호킨스, 백영미 역. 판미동, 2010

『바다』 쥘 미슐레, 정진국 역. 새물결, 2010

『외로우니까 사람이다』 정호승. 열림원, 2011

알폰시나

강필운, 「중남미 시에 나타난 여성의 정체성 연구 -소르 후아나 이네스 데라 크루스와 알폰시나 스토르니의 작품을 중심으로」 『세계문학비교연구』 6권0호, 2002년 06월. pp.7-30

우석균, 라틴아메리카 문학21, http://www.latin21.com/board3/bbs_view.php?table=research_ah&bd_idx=4

3. 포레스트 검프

리뷰

로저 에버트 https://www.rogerebert.com/reviews/forrest-gump-1994

CNN https://edition.cnn.com/2014/07/04/showbiz/movies/forrest-gump-20-years-later/

뉴욕 타임스 https://www.nytimes.com/1994/07/06/movies/film-review-tom-hanks-as-an-interloper-in-history.html

롤링스톤 https://www.rollingstone.com/movies/movie-reviews/forrest-gump-102538/

가디언 https://www.theguardian.com/film/News_Story/Critic_Review/Guardian_review/0,,544587,00.html

톰 행크스 아카데미 수상

1995년 https://www.youtube.com/watch?v=Vd420MYpGek

1994년 https://www.youtube.com/watch?v=bBuDMEpUc8k

책

『진실 대 거짓』 데이비드 호킨스, 백영미 역. 판미동, 2010

『시간의 눈금』 이윤기. 열림원, 2005

The Canterbury Tales. Geoffrey Chaucer. Penguin Classic, 2003

Vineland. Thomas Pynchon. Penguin Books, 1997

4. 컬러 퍼플

2017년 제89회 아카데미 시상식 관련

https://oscar.go.com/news/winners/after-oscars-2017-mishap-moonlight-wins-best-picture https://www.youtube.com/watch?v=GCQn_FkFEII

1986년 제58회 아카데미
https://www.oscars.org/videos-photos/58th-oscar-highlights
https://www.imdb.com/event/ev0000003/1986/1/

넬슨 만델라 노벨평화상 수상 연설
https://www.nobelprize.org/prizes/peace/1993/mandela/26130-nelson-mandela-nobel-lecture-1993/

리뷰
로저 에버트(2004) https://www.rogerebert.com/reviews/great-movie-the-color-purple-1985
로저 에버트(1985) https://www.rogerebert.com/reviews/the-color-purple-1985

버락 오바마 기고문
https://www.glamour.com/story/glamour-exclusive-president-barack-obama-says-this-is-what-a-feminist-looks-like

미국 대선과 여성 참정권 관련
https://www.newsweek.com/susan-b-anthony-tombstone-i-voted-hillary-clinton-518629
https://edition.cnn.com/2016/11/08/politics/susan-b-anthony-gravesite-voting-stickers-irpt/index.html
https://www.npr.org/2018/11/06/664852948/i-voted-stickers-pile-up-in-emotional-tribute-at-susan-b-anthony-s-grave
https://www.independent.co.uk/news/world/americas/susan-anthony-i-voted-suffrage-feminist-stickers-grave-women-vote-hillary-clinton-a7405491.html
https://www.womenon20s.org/
https://www.nytimes.com/2016/04/21/us/women-currency-treasury-harriet-tubman.html
https://www.washingtonpost.com/news/wonk/wp/2016/04/20/u-s-to-keep-hamilton-on-front-of-10-bill-put-portrait-of-harriet-tubman-on-20-bill/
https://www.nytimes.com/2020/06/11/us/politics/treasury-department-harriet-tubman-bill.html
https://www.nj.com/opinion/2020/08/we-shouldnt-wait-another-10-years-to-see-harriet-tubman-on-a-20-bill-quigley.html
https://www.nytimes.com/2021/01/20/us/politics/purple-inauguration.html
https://www.usatoday.com/story/life/fashion/2021/01/20/inauguration-why-kamala-harris-jill-biden-wearing-purple/4229427001/

앨리스 워커 관련

한겨레

http://www.hani.co.kr/arti/legacy/legacy_general/L3675.html

가톨릭뉴스 지금여기

http://www.catholicnews.co.kr/news/articleView.html?idxno=8368 (조민아)

책

『현대인의 의식 지도』데이비드 호킨스, 주민아 역. 판미동, 2016

『진실 대 거짓』데이비드 호킨스, 백영미 역. 판미동, 2010

Beloved. Toni Morrison. Vintage, 1997

In Search of Our Mothers' Gardens. Alice Walker. Mariner Books, 2004

Their Eyes were Watching God. Zora Neale Hurston. Harperluxe, 2008

5. 시티 라이트

리뷰

뉴욕 타임스 https://www.nytimes.com/1931/02/07/archives/chaplin-hilarious-in-his-city-lights-tramps-antics-in-nondialogue.html

뉴욕 데일리 뉴스 https://www.nydailynews.com/entertainment/movies/city-lights-shines-chaplin-brilliance-1931-review-article-1.2513696

로저 에버트 https://www.rogerebert.com/reviews/great-movie-city-lights-1931

게리 기든스 https://www.criterion.com/current/posts/2957-city-lights-the-immortal-tramp

제임스 버라드넬리 http://www.reelviews.net/reelviews/city-lights

찰리 채플린 코멘트

제임스 에이지의 코멘트

https://www.moma.org/explore/inside_out/2010/08/31/charles-chaplins-city-lights/

https://www.charliechaplin.com/en/films/5-city-lights/articles/4-Filming-City-Lights

찰리 채플린 아카데미 수상

공로상(1972) https://www.youtube.com/watch?v=J3PI-qvA1X8

음악상(1973) https://www.youtube.com/watch?v=fmQJqxdLnMo

메리엄-웹스터 사전

https://www.merriam-webster.com/dictionary/artist?utm_campaign=sd&utm_medium=serp&utm_source=jsonld

책

『나의 눈』 데이비드 호킨스, 문진희 역. 판미동, 2014

The Lemon Table: Stories. Julian Barnes. Vintage, 2005

2부

6. 햄릿

일대일로 뉴스

BBC https://www.bbc.com/news/av/world-38659170/the-train-from-china-to-london

차이나 데일리 https://www.chinadaily.com.cn/world/2017-01/19/content_27993577.htm

리뷰

뉴욕 데일리 뉴스 http://www.nydailynews.com/entertainment/movies/laurence-olivier-produces-magnificent-hamlet-article-1.2087897

책

Hamlet. William Shakespeare. Oxford U.K. 2008

『진실 대 거짓』 데이비드 호킨스, 백영미 역. 판미동, 2010

조지 버나드 쇼 관련

가디언 https://www.theguardian.com/culture/2015/aug/09/hamlet-ultimate-actors-test-benedict-cumberbatch

아이리시 타임스 https://www.irishtimes.com/opinion/an-irishman-s-diary-on-george-bernard-shaw-and-the-national-gallery-of-ireland-1.2336519

아일랜드 내셔널 갤러리 https://www.nationalgallery.ie/what-we-do/press-room/press-releases/exhibition-celebrates-george-bernard-shaws-legacy

리스트 관련

http://mrc.hanyang.ac.kr/wp-content/jspm/31/jspm_2014_31_05.pdf

소동파 관련

https://www.posri.re.kr/files/file_pdf/53/331/53_331_file_pdf_1485409365.pdf

7. 닥터 지바고

리뷰
뉴욕 타임스 https://www.nytimes.com/1965/12/23/archives/adaptation-of-pasternak-novel-at-the-capitol-by-bosley-crowther.html
가디언 https://www.theguardian.com/film/2016/apr/29/doctor-zhivago-david-lean-review-archive
버라이어티 https://variety.com/1965/film/reviews/doctor-zhivago-2-1200420915/

오마 샤리프 부고
뉴욕 타임스 https://www.nytimes.com/2015/07/11/movies/omar-sharif-a-star-in-dr-zhivago-dies-at-83.html
BBC https://www.bbc.com/news/entertainment-arts-26277821
버라이어티 https://variety.com/2015/film/obituaries-people-news/omar-sharif-dead-lawrence-of-arabia-dr-zhivago-1201537607/
가디언 https://www.theguardian.com/film/2015/jul/10/omar-sharif
알자지라 https://www.aljazeera.com/features/2015/7/10/legendary-egyptian-actor-omar-sharif-dies-at-83
CNN https://edition.cnn.com/2015/07/10/entertainment/omar-sharif-dies/index.html

릴케 초상화
https://www.theparisreview.org/blog/2014/12/04/the-lion-cage/

릴케 러시아 관련 코멘트
『복면을 한 운명』 김재혁. 고려대학교 출판부, 2014. p.40

장샤오강 코멘트
http://www.sothebys.com/en/auctions/ecatalogue/2012/contemporary-asian-art-hk0386/lot.837.html

유리 지바고 시 영문
https://archive.org/stream/DoctorZhivago_201511/Doctor%20Zhivago_djvu.txt

책
주민아, 「20세기 인연, 라이너 마리아 릴케」《월간 Chaeg책》 2015년 3월호(Vol.04)
『치유와 회복』 데이비드 호킨스, 박윤정 역. 판미동, 2016
『복면을 한 운명』 김재혁. 고려대학교 출판부, 2014

8. 아마데우스

리뷰
BBC http://www.bbc.co.uk/films/2002/07/09/amadeus_the_directors_cut_2002_review.shtml
뉴욕 타임스 https://www.nytimes.com/1984/09/19/movies/the-screen-amadeus-directed-by-forman.html
로저 에버트(2002) https://www.rogerebert.com/reviews/great-movie-amadeus-1984
로저 에버트(1984) https://www.rogerebert.com/reviews/amadeus-1984
뉴욕 데일리 뉴스 https://www.nydailynews.com/entertainment/movies/archives-great-amadeus-music-redeems-shrill-st-article-1.2023707

『기탄잘리』 영문판
https://core.ac.uk/download/pdf/33797614.pdf
http://www.gutenberg.org/ebooks/7164

책
『진실 대 거짓』 데이비드 호킨스, 백영미 역. 판미동, 2010
『놓아 버림』 데이비드 호킨스, 박찬준 역. 판미동, 2013

9. 간디

애튼버러 감독 아카데미 작품상 수상 연설
https://www.youtube.com/watch?v=GSLKRoF8Llo
http://aaspeechesdb.oscars.org

리뷰
뉴욕 타임스 https://archive.nytimes.com/www.nytimes.com/packages/html/movies/bestpictures/gandhi-re.html?scp=5&sq=gandhi&st=cse
텔레그래프 https://www.telegraph.co.uk/culture/film/filmreviews/11528461/Gandhi-film-review-amazing-epic.html
힌두스탄 타임스 https://www.hindustantimes.com/analysis/attenborough-s-gandhi-the-movie-and-the-idea-of-india/story-cDggRtlY0a2j13zlWgfqLL.html

네루의 간디 추도사
https://www.thehindu.com/opinion/op-ed/we-must-hold-together/article4358063.ece

7가지 사회악
https://www.mkgandhi.org/mgmnt.htm

https://www.gandhiashramsevagram.org/gandhi-myth-faq/seven-social-sins.php
http://www.openculture.com/2014/11/mahatma-gandhis-list-of-the-7-social-sins.html

책

Political Emotions: Why Love Matters for Justice. Martha C. Nussbaum. Belknap Press, 2015
『의식 혁명』 데이비드 호킨스, 백영미 역. 판미동, 2011
『간디어록』 리처드 아텐버러 편, 최현 역. 범우사, 2003
『간디 자서전』 간디, 박홍규 역. 문예출판사, 2007

10. 벤허

리뷰

뉴욕 타임스 https://www.nytimes.com/1959/11/19/archives/the-screen-benhur-a-blockbuster-mgm-spectacle-opens-at-the-loews.html

엘리엇 「황무지」

https://www.gutenberg.org/files/1321/1321-h/1321-h.htm

『벤허: 그리스도의 이야기』

http://www.gutenberg.org/files/2145/2145-h/2145-h.htm#chap0810

주낙현 신부

http://viamedia.or.kr/2015/03/01/2259

아론의 지팡이와 아몬드꽃

https://catholicexchange.com/the-light-of-almonds
https://biblehub.com/sermons/auth/prout/the_budding_of_aaron%27s_rod.htm
http://news.kmib.co.kr/article/view.asp?arcid=0014937570&code=61221211&cp=du

반 고흐와 아몬드꽃

https://www.vincentvangogh.org/almond-blossom.jsp
https://www.vangoghgallery.com/painting/blossoming-almond-tree.html
https://www.mk.co.kr/news/culture/view/2017/01/54255/(정여울)

성 요한 크리소스토무스

『사는 것이 즐겁다』 안셀름 그륀, 안톤 리히테나우어 편, 전헌호 역. 성바오로출판사, 2005 (개정판 『내면의 멜로디』 2014)

책

『현대인의 의식 지도』 데이비드 호킨스, 주민아 역. 판미동, 2016
The Waste Land and other poems. T.S. Elliot. Penguin Books, 2003
The Canterbury Tales: Illustrated Prologue. Geoffrey Chaucer. Scala Books, 2011

3부

11. 추억

리뷰

뉴욕 타임스 https://www.nytimes.com/1973/10/18/archives/screen-way-we-were-barbra-streisand-and-redford-are-teamed-the-cast.html
로저 에버트 https://www.rogerebert.com/reviews/the-way-we-were-1973
제이슨 프레일리 https://thefilmspectrum.com/?p=21723

찰리 채플린 어워드

https://www.filmlinc.org/daily/robert-redford-chaplin-award-jane-fonda-john-turturro-film-society-2015/
https://variety.com/2015/scene/vpage/robert-redford-barbra-streisand-chaplin-award-gala-1201482706/
https://people.com/movies/barbara-streisand-presents-robert-redford-with-chaplin-award/
https://www.dailymail.co.uk/tvshowbiz/article-3058612/Robert-Redford-Barbra-Streisand-enjoy-Way-reunion-Chaplin-Award-Gala.html
https://www.forbes.com/sites/janelevere/2015/04/30/the-stars-come-out-to-honor-robert-redford-at-the-film-society-of-lincoln-center/#3aa0b56d7fa0

책

『나의 눈』 데이비드 호킨스, 문진희 역. 판미동, 2014
『롤랑 바르트, 마지막 강의』 롤랑바르트, 변광배 역. 민음사, 2015

12. 애니 홀

리뷰

가디언(조던 호프먼) https://www.theguardian.com/film/2017/feb/16/best-picture-oscar-winners-annie-hall
가디언(피터 브래드쇼) https://www.theguardian.com/film/2010/oct/18/annie-hall-comedy

로저 에버트(2002) https://www.rogerebert.com/reviews/great-movie-annie-hall-1977
로저 에버트(1977) https://www.rogerebert.com/reviews/annie-hall-1977
버라이어티 https://variety.com/1977/film/reviews/annie-hall-woody-allen-diane-keaton-1200424062/
타임 https://time.com/4738433/annie-hall-1977-review/
할리우드 리포터 https://www.hollywoodreporter.com/review/annie-hall-review-1977-movie-995791
뉴욕 타임스 https://archive.nytimes.com/www.nytimes.com/packages/html/movies/bestpictures/annie-re.html?scp=5&sq=Walken&st=cse

앙리 카르티에 브레송 묘비명

https://www.artinsight.co.kr/news/view.php?no=13401
https://www.mk.co.kr/premium/life/view/2019/08/26377/
https://terms.naver.com/entry.naver?docId=3567722&cid=59014&categoryId=59014

시 'Ariel'

https://www.poetryfoundation.org/poems/49001/ariel

책

『치유와 회복』 데이비드 호킨스, 박윤정 역, 판미동, 2016
『사랑, 그 환상의 물매』 김영민. 마음산책, 2004

13. 카사블랑카

리뷰

뉴욕 타임스 https://www.nytimes.com/1942/11/27/archives/casablanca-with-humphrey-bogart-and-ingrid-bergman-at-hollywood.html
할리우드 리포터 https://www.hollywoodreporter.com/news/casablanca-review-1942-movie-752498
로저 에버트 https://www.rogerebert.com/reviews/great-movie-casablanca-1942
가디언 https://www.theguardian.com/film/2012/feb/09/casablanca-review
텔레그래프 https://www.telegraph.co.uk/films/2016/05/16/casablanca-michael-curtizs-1942-film-is-a-classic-love-story---w/
뉴요커 https://www.newyorker.com/culture/culture-desk/everybody-comes-to-ricks-casablanca-on-the-big-screen

책

『나의 눈』 데이비드 호킨스, 문진희 역, 판미동, 2014
『남아 있는 나날』 가즈오 이시구로, 송은경 역, 민음사, 2010

『여기, 우리가 만나는 곳』 존 버거, 강수정 역. 열화당, 2006
『전쟁에 대한 끔찍한 사랑』 제임스 힐먼, 주민아 역. 도솔, 2008
The Remains of the Day. Kazuo Ishiguro. Vintage International, 1993

14. 시애틀의 잠 못 이루는 밤

리뷰

로저 에버트 https://www.rogerebert.com/reviews/sleepless-in-seattle-1993
뉴욕 타임스 https://www.nytimes.com/1993/06/25/movies/review-film-when-sam-met-annie-or-when-two-meet-cute.html
롤링스톤 https://www.rollingstone.com/movies/movie-reviews/sleepless-in-seattle-120253/

책

『놓아 버림』 데이비드 호킨스, 박찬준 역. 판미동, 2013
『수전 손택의 말』 수전 손택, 조너선 콧. 김선형 역. 마음산책, 2015
Nocturnes: Five Stories of Music and Nightfall. Kazuo Ishiguro. Faber&Faber, 2010
The Seven Stories of Love: And How to Choose Your Happy Ending. Marcia Millman. William Morrow, 2001

4부

15. 꿈의 구장

리뷰

로저 에버트 https://www.rogerebert.com/reviews/field-of-dreams-1989
뉴욕 타임스 https://www.nytimes.com/1989/04/21/movies/review-film-a-baseball-diamond-becomes-the-stuff-of-dreams.html
LA 타임스 https://www.latimes.com/archives/la-xpm-1989-04-21-ca-2278-story.html
롤링스톤 https://www.rollingstone.com/movies/movie-reviews/field-of-dreams-103639/
워싱턴 포스트 https://www.washingtonpost.com/archive/lifestyle/1989/04/21/field-of-dreams-bonkers-over-baseball/8d7c82d1-0d91-4c06-be1f-7d5f58925dc0/

책

『놓아 버림』 데이비드 호킨스, 박찬준 역. 판미동, 2013
『나는 무엇을 원하는가』 제임스 힐먼, 주민아 역. 나무의철학, 2013
The Soul's Code: In Search of Character and Calling. James Hillman. Random House, 1996

16. 스미스씨 워싱턴에 가다

리뷰

뉴욕 타임스 https://www.nytimes.com/1939/10/20/archives/the-screen-in-review-frank-capras-mr-smith-goes-to-washington-at.html
버라이어티 https://variety.com/1939/film/reviews/mr-smith-goes-to-washington-1200412404/
워싱턴 포스트 https://www.washingtonpost.com/wp-srv/style/longterm/movies/features/dcmovies/mrsmithgoestowashington.htm
네이션 https://www.thenation.com/article/mr-smith-goes-washington/
인디펜던트 https://www.independent.co.uk/arts-entertainment/films/reviews/miss-sloane-review-miss-sloane-review-jessica-chastain-john-madden-washington-zero-dark-thirty-debt-a7727636.html

미국의회도서관 국립필름등기소

https://www.loc.gov/programs/national-film-preservation-board/film-registry/

책

Political Emotions: Why Love Matters for Justice. Martha C. Nussbaum. Belknap Press, 2015
『월든』 헨리 데이비드 소로, 김석희 역. 열림원, 2017
『의식 혁명』 데이비드 호킨스, 백영미 역. 판미동, 2011

17. 금발이 너무해

리뷰

가디언 https://www.theguardian.com/film/2001/oct/26/culture.reviews1
BBC http://www.bbc.co.uk/films/2001/10/15/legally_blonde_2001_review.shtml
할리우드 리포터 https://www.hollywoodreporter.com/review/legally-blonde-movie-review-2001-910534
뉴욕 타임스 https://www.nytimes.com/2001/07/13/movies/film-review-a-rich-ditz-has-both-brains-and-the-last-laugh.html
로저 에버트 https://www.rogerebert.com/reviews/legally-blonde-2001

마크 저커버그와 빌 게이츠 하버드 졸업식 축사

https://news.harvard.edu/gazette/story/2017/05/mark-zuckerbergs-speech-as-written-for-harvards-class-of-2017/
https://news.harvard.edu/gazette/story/2007/06/remarks-of-bill-gates-harvard-commencement-2007/

지미 팰런 투나잇쇼

https://www.youtube.com/watch?v=SSLyFiHOC5I
https://variety.com/2017/tv/news/donald-trump-speech-legally-blonde-speech-elle-woods-jimmy-fallon-1202428841/
https://time.com/4780674/jimmy-fallon-on-trump-commencement-speech/
https://www.hollywoodreporter.com/news/jimmy-fallon-jokes-donald-trump-plagiarized-legally-blonde-liberty-university-graduation-speech-1004336
https://www.newsweek.com/trump-legally-blonde-jimmy-fallon-610114

책

『놓아 버림』 데이비드 호킨스, 박찬준 역. 판미동, 2013
『파이브』 댄 자드라, 주민아 역. 앵글북스, 2015

18. 바람과 함께 사라지다

리뷰

타임(1939) http://content.time.com/time/magazine/article/0,9171,762137,00.html
타임(2011) http://content.time.com/time/magazine/article/0,9171,2063861,00.html
뉴욕 타임스 https://www.nytimes.com/1939/12/20/archives/the-screen-in-review-david-selznicks-gone-with-the-wind-has-its.html
버라이어티 https://variety.com/1939/film/reviews/gone-with-the-wind-2-1200412649
로저 에버트 https://www.rogerebert.com/reviews/great-movie-gone-with-the-wind-1939
CNN https://edition.cnn.com/2014/12/15/showbiz/movies/gone-with-the-wind-75th-anniversary-love-hate/index.html
텔레그래프 https://www.telegraph.co.uk/culture/film/filmreviews/10765573/Gone-With-the-Wind-film-review.html
뉴욕 데일리 뉴스 https://www.nydailynews.com/entertainment/movies/wind-earned-positive-review-debuted-article-1.2008947

책

『치유와 회복』 데이비드 호킨스, 박윤정 역. 판미동, 2016
『진실 대 거짓』 데이비드 호킨스, 백영미 역. 판미동, 2010
『전쟁에 대한 끔찍한 사랑』 제임스 힐먼, 주민아 역. 도솔, 2008
The Collected poems of W.B. Yeats. W.B. Yeats. ed. Richard J. Finneran. Scribner Paperback Poetry, 1996

19. 크리스마스 캐럴

리뷰

뉴욕 타임스 https://www.nytimes.com/1951/11/29/archives/the-screen-in-review-dickens-a-christmas-carol-with-alastair-sim.html
로저 에버트 https://www.rogerebert.com/reviews/disneys-a-christmas-carol-2009
가디언 https://www.theguardian.com/film/2009/nov/05/a-chrismas-carol-review
마이클 브룩 http://www.screenonline.org.uk/film/id/509290/index.html
리처드 존스 https://www.dickenslondontours.co.uk/a-christmas-carol-films.htm
텔레그래프 https://www.telegraph.co.uk/films/2016/12/17/christmas-carol-review-robert-zemeckis-reminds-us-spine-chilling/

찰스 디킨스와 톨스토이

Galina Alekseeva 'Dickens in Leo Tolstoy's Universe' *The Reception of Charles Dickens in Europe.* ed. Michael Hollington. Bloomsbury Academic, 2013

톨스토이 『사람은 무엇으로 사는가』

https://www.gutenberg.org/files/6157/6157-h/6157-h.htm

책

『의식 혁명』 데이비드 호킨스, 백영미 역. 판미동, 2011
『현대인의 의식 지도』 데이비드 호킨스, 주민아 역. 판미동, 2015

에필로그

책

『화첩기행 1』 김병종. 문학동네, 2014

그대 영혼을 보려거든 예술을 만나라

1판 1쇄 찍음 2021년 3월 30일
1판 1쇄 펴냄 2021년 4월 7일

지은이 | 주민아
발행인 | 박근섭
책임 편집 | 강성봉
펴낸곳 | 판미동

출판등록 | 2009. 10. 8 (제2009-000273호)
주소 | 06027 서울 강남구 도산대로 1길 62 강남출판문화센터 5층
전화 | 영업부 515-2000 편집부 3446-8774 팩시밀리 515-2007
홈페이지 | panmidong.minumsa.com

도서 파본 등의 이유로 반송이 필요할 경우에는 구매처에서 교환하시고
출판사 교환이 필요할 경우에는 아래 주소로 반송 사유를 적어 도서와 함께 보내주세요.
06027 서울 강남구 도산대로 1길 62 강남출판문화센터 6층 민음인 마케팅부

ⓒ 주민아, 2021. Printed in Seoul, Korea
ISBN 979-11-5888-866-4 03810

판미동은 민음사 출판 그룹의 브랜드입니다.